Das Buch
Max ist Teil der Hip-Generation. Erst Musikmanager, dann Werbetexter und jetzt Fernsehredakteur. Ein Leben auf der Überholspur, ganz nach dem Motto: Alles so schön bunt hier. Doch nach sechs Jahren in seinem Job ist Max mit gerade einmal 26 Jahren bereits auf den Hund gekommen, der Traum von der großen Karriere ausgeträumt. Was mal als Traumjob begann, entpuppt sich hinter den Kulissen des schillernden Mattscheibenbetriebs als endloser Alptraum. Für einen privaten Fernseh-Sender produziert er die Opfershow ›Happy End‹. Er lässt spektakuläre, möglichst blutige Unfälle nachstellen und besucht die Verletzten im Krankenhaus. Hauptsache, er ist dran an den Opfern, und hierzu ist ihm jedes Mittel recht. Die Sucht nach Geld und vor allem nach Adrenalin treibt die Akteure zur Skrupellosigkeit und Selbstausbeutung. Was zählt ist die Quote, sind Blut, Schweiß und Tränen. Das Privatleben bleibt dabei brutal auf der Strecke. Mit der Freundin läuft es nicht mehr, mit dem besten Kumpel reicht es gerade mal für ein Besäufnis. Kokain und Alkohol geben den vermeintlich festen Halt, um den militärischen Kommando-Ton der Vorgesetzten und die an die physische Substanz gehenden Fließbanddrehs zu überstehen. Am Ende bricht Max aus dem deprimierenden Trott aus und läuft Amok. In sechs Tagen ruiniert er sich und sein Leben.

Der Autor
Francis Schiller, geboren 1968, war nach dem Studium der Kommunikationswissenschaften und Psychologie zunächst als Werbetexter tätig, bevor er selbst als Fernsehredakteur für einen großen Privatsender arbeitete. Er lebt in Köln, *Nahkampf* ist sein erster Roman.

Francis Schiller

Nahkampf

Roman

DIANA VERLAG
München Zürich

Diana Taschenbuch Nr. 62/0247

Das Buch erschien bereits unter dem Titel
»Fernsehland«

Taschenbucherstausgabe 01/2002

Taschenbuchausgabe mit Genehmigung des
Rogner & Bernhard Verlages, Hamburg
Der Diana Verlag ist ein Unternehmen der
Heyne Verlagsgruppe München
Printed in Germany 2002

Umschlaggestaltung: Hauptmann und Kampa
Werbeagentur, CH-Zug
Satz: Schaber Satz- und Datentechnik, Wels
Druck und Bindung: Elsnerdruck, Berlin
Gedruckt auf chlor- und säurefreiem Papier

ISBN: 3-453-19823-9

http://www.heyne.de

Für Wilhelmine.
Du hattest
recht.

Für Christian Hecken.
Junge, ich weiß,
wie viel Spaß wir zusammen
hatten. Und ich weiß,
dass Du gerade
nur woanders bist
und nicht wirklich weg.

Die Handlungen und Äußerungen
in diesem Buch sind frei erfunden.

Dies gilt insbesondere auch für die Passagen, in denen bekannte Personen und Titel des Zeitgeschehens genannt werden. Die Namen der im engeren Sinne handelnden Personen und Titel sind frei erfunden. Übereinstimmungen mit tatsächlich existierenden Namen und Titeln wären rein zufällig und sind nicht beabsichtigt.

Seit einigen Tagen bin ich wieder zu Hause. Das Leben könnte also wieder beginnen. Tut es aber nicht! Wie die Fliegen an der Scheiße klebe ich an der Erinnerung. So sehr ich mich auch bemühe, mich abzulenken und meinen Gedanken eine andere Richtung zu geben, es will mir einfach nicht gelingen. Wie durch einen tief eingebrannten Programmfehler stolpere ich täglich über die Ereignisse, die für alle anderen, die daran beteiligt waren, vermutlich kaum mehr als eine Anekdote sind. Nur mein Hirn läuft immer noch Amok und gibt keine Ruhe. Wie konnte ich nur an diesen Punkt kommen, von dem aus es kein Zurück mehr gab?

Als ich anfing, war ich einer von denen, die unter allen Umständen ganz vorn mit dabeisein wollten. Einmal in der Mühle drin, gab es nur noch ein Muss, eine Sollzahl von Minuten. Wer zu wenig Beiträge lieferte, der kam leicht aus dem Tritt: verhöhnt, gebrandmarkt als Versager und Niete vor versammelter Mannschaft. Die Demütigung erzeugte den Zorn, die Wut und den Hass, den die Chefredakteure sich wünschten. Ärger stachelte an, war Garant für effektives Arbeiten: schnell, gut und engagiert. Ein prächtiges Umfeld, um in kürzester Zeit zum Arschloch zu werden oder zur Redaktionshure, die jeder bestieg und besteigen durfte, für ein mieses Gehalt von 4000 Eiern. Arschloch werden, Augen auf und durch, hieß das Gebot der Stunde. Ich verinnerlichte es bis zur Selbstverleugnung. Ich weiß das heute, ich wusste es eigentlich immer, und trotzdem habe ich es geliebt.

Und deshalb: Wenn man mich ließe, ich würde es sofort wieder tun. Allein beim Gedanken an diese Arbeit spüre ich den Kitzel, loszuziehen, mit dem Team raus auf die Straße, Geschichten zu recherchieren, sie abzufilmen, einzufangen, im Schnitt zu zerstückeln, zu sortieren und neu zusammenzusetzen. Danach die spannenden Momente der Ungewissheit vor der Abnahme, entweder gelobt oder vernichtet zu werden. Es ist eine Sucht, und es ist unheimlich schwer, davon loszukommen. An meinem letzten Tag in Fernsehland war ich der Star …

MONTAG

Wie fast immer bin ich zu spät dran und stürme die Treppen hoch zur Redaktion, außer Atem laufe ich ausgerechnet meiner Producerin Olga in die Arme, die mich mit ihrem Duft Chanel N°5 und einem zynischen »Na, auch schon da?« empfängt. Für einige Sekunden bleibe ich stehen. Zahl mir lieber 1000 Mark mehr, denke ich. Mein Poloshirt stinkt nach Schweiß. Im Vorübergehen auf dem Flur greife ich Laura, der leicht schwindsüchtigen Produktionsassistentin, kurz an den Arsch. Zigarettenschwaden ziehen an mir vorüber, und Jens mit der blonden Rasta-Mähne, einer der Aufnahmeleiter, der traditionell Sweatshirt und Puma-Turnschuhe trägt, ist sauer, denn der 1. FC Köln hat mal wieder verloren. Ich lasse den Rasta-Albino aus Köln-Nippes links liegen und schaffe es, an allen Leuten und offenen Türen vorbeizukommen, ohne mehr als ein kurzes »Morgen« brabbeln zu müssen. Überall läuten die Telefone, aus allen Räumen gehetzte Sprechblasen, rundum unzufriedene Gesichter. Gut Mobbing! Montag in Fernsehland.

Mein Schreibtisch sieht aus, als ob serbische Miliz die Nacht hier verbracht hätte. Alte, angefressene Brötchen und sieben oder acht halbvolle Kaffeebecher. Irgendein Arschloch hat seine Kippen in meine Colaflasche geschmissen. Vollgekritzelte Blätter. Duplopapier, kaputte

Bleistifte, überall Krümel, und aus dem Mülleimer kommt ein stechend säuerlich-süßer Geruch. Die Putzfrau hat mal wieder meinen Müllberg ignoriert. Ich kann sie verstehen. Der Gestank haut mich um.

»Guten Morgen, Max.« Maja begrüßt mich freundlich wie immer. »Wie siehst du denn aus?«

»Mir ist schlecht.«

»Fernet Branca und Kölsch?«

»Nein. Es ist der Scheißdöner vom Türken. Der Kebabmüll aus Anatolien liegt mir wie ein Stein im Magen. Außerdem boykottiert mich die Putzfrau immer noch, und im Mülleimer liegt so schimmeliges Obst rum ...«

Maja lacht und geht aus dem Zimmer, um uns einen Kaffee holen.

Draußen stürmt es. Der Wind wirft dicke Regentropfen gegen meine Fensterscheibe.

Ich ziehe die Jacke aus und hänge sie über die Stuhllehne.

Die Kaffeereste schütte ich in die Blumenkübel, den gröbsten Dreck stopfe ich in den erstbesten Mülleimer auf dem Flur. Rosie kommt. Kurze rote Haare, abgekaute Fingernägel und ständig ein nervöses Zucken am Augenlid.

»Na, Rosie! Wie war der Dreh mit der Freiwilligen Feuerwehr? Hat alles geklappt?«

»Ja, schon, aber ich weiß beim besten Willen nicht, wie ich das Geld verbuchen soll, das du den Jungs versprochen hast.«

»Wo ist denn das Problem, Rosie? Helga weiß Bescheid, die Nummer ist im Kasten, und die Produktionsleitung wird's verschmerzen.«

»Das werden wir ja noch sehen! Was ist eigentlich mit der Drehgenehmigung für den Heli?«

»Nicht jetzt, Rosie. Ich komme heute Nachmittag bei dir im Büro vorbei.«

»Bist du verrückt?! Ich brauche die Unterlagen sofort, jetzt! Ich muss den Hubschrauber mindestens zwei Wochen vor Drehbeginn buchen.«

Rosie hat rote, hektische Flecken im Gesicht. Einen Augenblick lang bin ich versucht, sie weiter auflaufen zu lassen, irgendwas zu sagen, das sie komplett aus der Fassung bringt, aber so früh am Morgen will ich mir ihr Gekeife nicht antun. Deshalb bleibe ich freundlich.

»Ja, Rosie, du hast Recht, ich kümmere mich drum.«

Ich drehe mich weg und öffne das Fenster. Wassertropfen prasseln auf die Fensterbank und auf meinen Schreibtisch.

Maja kehrt zurück. Sie reicht mir die Tasse Kaffee und wendet sich dann Rosie zu. Die beiden bereiten ebenfalls einen gemeinsamen Dreh vor.

Ich schalte den Rechner ein und schaue auf die gelben Memozettel, die am Monitor kleben. Oh, Jonas Herzog ist dabei. Ich habe ihn gestern Abend versetzt. Sobald Rosie weg ist, werde ich ihn anrufen.

Er hat mir vor über sechs Jahren zu dem Job verholfen. Olga und er hatten mal was miteinander. Jonas ist Chefredakteur von *Wetten dass?*, einer dieser Siegertypen mit Dreitagebart und graumeliertem Haar, fünfundvierzig Jahre alt. Er fährt Porsche und spielt mit Gottschalk Golf. Jonas ist Nadjas Vater, und Nadja ist meine Freundin. Als Rosie verschwunden ist, wähle ich seine Nummer. Seine Sekretärin stellt mich durch.

»Herzog!«

Ich sitze aufrecht.

»Na, Wettkönig, wie geht's dir?«

»Was gibt's? Ich habe wenig Zeit. Uns ist gerade eine gute Nummer abgekackt. Verdammte Dilettanten. Die mache ich rund.«

Scheiße, einen schlechteren Moment hätte ich nicht erwischen können. Nachdem er seiner Wut über die unfähigen Mitarbeiter Luft gemacht hat, bin ich an der Reihe. »Wo warst du eigentlich gestern?«, faucht er mich an. »Wir haben bis neun mit dem Essen auf dich gewartet. Nadja hat fünfmal bei dir angerufen. Die Kleine war völlig niedergeschlagen. Du hast uns den ganzen Abend ruiniert. Was ist denn in letzter Zeit mit dir los?«

»Nichts«, erwidere ich kleinlaut, »nichts Besonderes.«

»Hast du keinen Bock mehr auf uns?«

»Doch natürlich.«

»Und warum bist du dann nicht gekommen?«

»Es ging nicht, Jonas, tut mir Leid. Wenn du willst, erkläre ich es dir später.«

»Später, später. Mensch, Junge, reiß dich zusammen. Es wird langsam Zeit, dass du dein Leben wieder in den Griff bekommst. Ich kann dein ewiges Gejammer nicht mehr hören, Max. Wenn dir alles zu viel wird, dann hast du den falschen Job! Ich habe gedacht, dass du ein anderes Kaliber bist. Aber langsam glaube ich, Olga hat Recht. Dir fehlt einfach der Biss ...«

Wütend schmeiße ich den Hörer auf die Gabel. Das muss ich mir nicht länger anhören. Der weiß doch genau, dass die mich hier verhungern lassen.

»Dieses verdammte Arschloch.«

Maja zuckt zusammen und guckt mich sorgenvoll an. Sie hasst meine Wutausbrüche. Ich fühle mich so, als hätte ich mal wieder kein Wochenende gehabt. Ich bin kaum eine Stunde hier, und schon könnte ich wieder kotzen.

Erneut klingelt das Telefon, es ist die Pressestelle des Senders.

»Hallo, Claudia Pescht hier. Hör zu, ich brauche die Presseinfo von der Geschichte mit dem Herzinfarkt. Ist sie fertig?«

»Nein, ich hatte noch keine Zeit!« Angenervt bete ich meinen Standardsatz runter.

»Ein bisschen freundlicher bitte, ja! Hier ist auch Montag. Benötigst du neuerdings eine schriftliche Einladung?«

»Wann brauchst du sie spätestens?«

»Um zwölf Uhr.«

»Geht nicht. Ich habe gleich Redaktionskonferenz, sorry!«

»Verdammt, Max. Du weißt doch, dass die Infos bis vierzehn Uhr an die Programmzeitschriften rausgehen müssen. Also gib Gas.«

Während wir telefonieren, sehe ich schon die nächste Nummer auf meinem Display blinken. O Gott, Nadja, die hat mir gerade noch gefehlt. Mit einer abwehrenden Handbewegung gebe ich Maja zu verstehen, dass sie den Call für mich entgegennehmen soll. Ich will jetzt nicht mit ihr reden. Wir würden uns sowieso nur streiten. Während ich das Gespräch mit BML flüsternd zu Ende bringe, wimmelt Maja Nadja geschickt ab.

Dann steht sie kopfschüttelnd auf, packt ihre Arbeitsunterlagen zusammen und geht in die Konferenz.

Zwei, drei Windstöße fegen ein paar leere weiße Blätter von meinem Schreibtisch. Der erste Tag eines neuen Krieges hat begonnen. Entnervt folge ich ihr.

Die Hölle hat viele Gesichter. Eines davon ist dicklich, übel geschminkt und sitzt auf einem Rumpf, den die Ärzte gern als orthopädischen Ball verschreiben. Helga! Das Grauen trägt einen Namen! Helga kommt aus Neuss. Das ist ekelhaft. Jeder Rheinländer, der nicht den Charakter hat, in Köln zu leben, sollte sofort nach Polen ausgewiesen werden. Sie ist weit über fünfzig und immer noch Chef vom Dienst. Früher Studentenrevolte und Flowerpower, heute BMW und Geranien auf dem Balkon.

»Hey, Paula, rück mal ein Stück. Warum müssen wir

uns denn immer in diesem kleinen Büro treffen? Hat die Firma kein Geld für einen Konferenzraum?«

Helga grinst. Es ist ihr Büro. Sie bläst mir Zigarettenrauch ins Gesicht. »So, wie sieht's aus?«

Der älteste CvD der Welt gibt den Takt vor. Ich stoße immer noch Döner auf. (Yussuf werde ich erst die Lizenz und dann die Aufenthaltsgenehmigung entziehen lassen!) Endlich sitzen alle.

»Die Dreharbeiten zu deiner Geschichte waren ein Desaster, Franz!« Helga schaut böse in die Runde.

»Damit hab ich doch nichts zu tun. Drehen tun doch die Herren Regisseure!« Franz läuft zornesrot an. Helgas Sticheleien gehen ihm in letzter Zeit zunehmend auf die schwachen Nerven. Wer so dreht wie wir, der hat immer Locationprobleme. Wir produzieren ein Magazin, bei dem die Opfer nicht unbedingt im Mittelpunkt stehen wollen. Guten Tag, wir kommen vom Fernsehen. Wir möchten ihren persönlichen Alptraum filmen. Bein gequetscht, Leber zerfetzt, Milz gerissen? – Fuck you, Helga, du fette Funz!

»Du hast mir gesagt, dass die kleine Sabrina die Rolle ohne Stress und Angst spielen könnte. Die hat einen Weinkrampf nach dem anderen bekommen. Die Aufnahmeleitung musste in einer Nacht-und-Nebel-Aktion ein Double für die Kleine finden. Ohne Drehgenehmigung vom Arbeitsschutz. Wir mussten einen Typen bestechen und das Datum fälschen. Wenn das der Müller von der Behörde spitzkriegt, können wir einpacken.«

Ohne Franz aus den Augen zu lassen, zündet sich Helga eine neue Zigarette an.

»Was kann ich denn dafür? Bei der Vorbesichtigung war alles in Ordnung. Auf mich machte die Kleine einen total lockeren Eindruck.«

»Du bist der Redakteur. Wenn du sagst, dass es klappt, dann verlasse ich mich darauf.«

»Aber, Helga …«

»Nichts aber. Das nächste Mal recherchierst du sauber.«

»Na ja. Es ist ja noch mal gut gegangen.«

»Nichts ist gut!«

Voller Wut schlägt sie mit der Hand auf den Tisch.

»Wir haben einen halben Drehtag verloren. Das Team kommt erst heute Mittag zurück. Du weißt, was das kostet.«

Franz wird blass. Ich greife ein.

»Helga, so etwas kann doch mal passieren. Das hat Franz doch nicht mit Absicht getan.«

Helga ist am Überkochen.

»Wegen so einem Fehler kann ein ganzer Dreh den Bach runtergehen. Seht euch mal die Sendeplanung an! Und wenn du, lieber Franz, da mal hineingeschaut hättest, dann wüsstest du, wie sehr unser Vorlauf schmilzt. Was macht ihr eigentlich den ganzen Tag?«

Keiner sagt einen Ton. Es hat jetzt keinen Sinn, etwas zu erwidern. Montag wird abgerechnet. Wenn du keine Geschichten bringst, gibt es Ärger. Eine Unmenge Material wird benötigt, um den Sender abzufüttern. Monat für Monat müssen zwölf Unfälle nachgestellt werden. Pro Redakteur bedeutet das zwei bis drei Schicksale. Wenn einer von uns ausfällt, müssen die anderen noch mehr schrubben.

Innerhalb weniger Minuten zündet sich Helga ihre dritte Kippe an. Maja und Susanne tuscheln leise miteinander.

»Habt ihr was wirklich Konstruktives zu der Konferenz beizutragen?« Helga kann sich kaum beruhigen.

Da meldet sich Paula zu Wort. »Um sowas in Zukunft zu verhindern, könnten wir ein psychologisches Muster erstellen. Viele Verletzungen ähneln sich. Daraus leiten wir Erfahrungswerte für das Verhalten der Beteiligten bei den Dreharbeiten ab!«

Das war ein Satz von Paula, auf den Susanne gewartet hat: »Hast du einen Knall? Was soll dieses pseudowissenschaftliche Gerede, wir wissen, dass du nach fünfzehn Semestern dein Psychologie-Studium abgebrochen hast.« Susanne ist klein, dick, und ihr Blutdruck ist gefährlich hoch. Wo immer sich eine Gelegenheit bietet, drückt sie Paula eins rein. Hektisch fährt sie sich durch ihre stoppeligen schwarzen Haare, die ihr Gesicht noch runder erscheinen lassen. Bestimmt hatte sie wieder keinen Sex am Wochenende. Mit der Karriere hapert es auch. Da werden schnell die Marsriegel und die Chipstüten aufgerissen.

Nach den üblichen Grabenkämpfen soll jetzt endlich über die Quote diskutiert werden. Alle sind nervös. Es herrscht eine Stimmung, als gäbe es Zeugnisse. Sind die Zahlen im Keller, wird nicht lange gefackelt. Ehe man sich versieht, steht man ohne Job da. Irgendwo in Deutschland haben 8000 Menschen einen Zusatzdekoder am Fernsehgerät. Sie sind die Super-Teds. Was die sich aus der Glotze reinziehen, das ist die Messlatte in Fernsehland.

Helga hat ihre Brille aufgesetzt und schaut auf die Kurvenverläufe. Aus ihr dringt kein Ton. Wir warten. Nur Susannes eng sitzende Gummihose quietscht hier und da, was kein Wunder bei der Materialbeanspruchung ist. Eine peinliche Stille legt sich wie der Mantel der Geschichte um uns. Plötzlich steht Olga mit hochrotem Kopf im Raum.

»Diese Ratten! Was denken die sich bloß? Helga und Toni, kommt bitte sofort rüber in mein Büro. Wir haben ein Problem.«

Ohne ein weiteres Wort zu verlieren, springen die beiden auf und verlassen die Redaktionssitzung. Krisengipfel in Olgas Büro. Scheppernd fällt die Tür ins Schloss.

Ich mache das Fenster auf und ziehe ein paar Züge frische Luft in meine Lungen.

»Ey, Max, meinst du, woanders läuft die wöchentliche Konferenz genauso ab«, fragt Franz mich ungläubig. »Das gibt's doch nicht, dass der CvD und der Produktionsleiter einfach so abhauen?« Ich drehe mich um und schließe das Fenster.

»Na ja, wahrscheinlich schon! Ob wir nun Redakteure beim Fernsehen oder bei der Zeitung sind, das spielt doch keine Rolle. Arsch bleibt Arsch.«

Ich bleibe am Fenster stehen. Der Regen hat aufgehört, zwischen zwei dicken Wolken lässt sich für einen Moment die Sonne blicken. Direkt hinter dem Parkplatz fangen die Felder an. Ich sehe einem Traktor nach, der sich massig und gemächlich nach vorne schiebt, und es sieht aus, als wolle er die Landschaft in zwei gleich große Teile zerschneiden. Ich muss wieder an Jonas Herzog denken. Er ist ganz oben. Und ich? Ich spiele immer noch in der Kreisliga. Mann, war das schön, als er mich damals anrief und sagte: »Willkommen in der Hölle, Max. Du hast den Job bei *Happy End.*«

Ich war so happy, habe gefeixt, gelacht, geheult, getanzt. Da dachte ich, jetzt fängt das Leben an. Bei Jonas ging alles so leicht. Immer wieder musste er mir die Stories aus seinen Anfangstagen beim Fernsehen erzählen. Wie er damals mit Kuhlenkampff um die Ecken zog oder mit Rudi Carrell Parties feierte. Leider ist er Nadjas Vater.

Ich gehe zu Helgas Platz. Ich will endlich wissen, wie hoch unsere Quote am Sonntag war.

»Und, Max, wie sieht es aus? Wie viel hatten wir nun?« Auch Susanne ist nicht mehr zu bremsen.

»Ungefähr fünf Millionen Zuschauer. Exakt gesagt: fünf Komma Null acht Millionen und über zwanzig Prozent in der Zielgruppe.«

Endlich, seit fünf Wochen zum ersten Mal wieder im Soll.

»Das waren meine Beiträge«, brüllt Franz.

»Toll, geh doch aufs Klo und hol dir einen runter.«

Egal, ob es seine Beiträge waren oder nicht, im Grunde hatten wir nur Glück. Hätte am Sonntagabend die Sonne geschienen, hätten die Leute alle draußen gesessen und gegrillt. Dann wäre die Quote wieder im Arsch gewesen.

Helga kehrt zurück. Sie ist blass.

»Also, hört gut zu. Der Sender hat unsere Kalkulation für die neue Staffel nicht akzeptiert. Sie wollen weiter sparen. Wir bewegen uns mit unseren Zahlen aber schon am Limit. Billiger können wir nicht produzieren. Vielleicht müsst ihr bald alle für die Blondinen im Nachmittagstalk recherchieren.«

»Niemals! Vorher gehe ich auf den Bahnhofsstrich.« Franz steht auf. »Das ist immer noch besser, als diese armen Würstchen am Nasenring in die Manege zu zerren.«

»Nun beruhig dich wieder. Noch ist es ja nicht so weit. Olga wird das schon regeln. Trotzdem wisst ihr jetzt, wo es langgeht. Sparen, sparen, sparen. Die goldenen Zeiten sind vorbei. Wir müssen den Gürtel noch enger schnallen. Wenn jeder seinen Job macht, dann wird's schon weitergehen.«

Zur Abwechslung gibt sich Helga mal fürsorglich.

»Apropos sparen.« Toni ist mittlerweile auch wieder zurück. »Was ist eigentlich mit den dreitausend Mark, die du dem Feuerwehrmann versprochen hast, Max? Wie kommst du dazu, eigenmächtig über so viel Geld zu entscheiden? Geld ist Sache der Produktionsleitung. Du bist – wenn überhaupt – nur für den Inhalt verantwortlich.«

»Was soll das, Toni? Was heißt hier eigenmächtig? Ich

hab doch schon zu Rosie gesagt, dass das mit Helga abgesprochen war. Ihr wolltet die Geschichte innerhalb von einer Woche fertig haben. Unter allen Umständen, hat Helga gesagt!«

Alle starren mich an, als ob ich ihnen die Existenz zerstören würde.

»Das habe ich nie so gesagt.« Helga wehrt ab.

»Natürlich hast du das! Daran erinnere ich mich genau. Und weißt du, warum ich mich daran so gut erinnere? Weil du mal was Nettes zu mir gesagt hast. Du meintest, dass nur ich so eine Nummer in diesem Tempo hinbekommen würde. Ich war total motiviert.«

Helga schüttelt den Kopf.

»Du hast sogar gesagt«, ereifere ich mich, »dass ich denen Geld anbieten soll. Das sei ein Quotenbringer. Warum, meinst du, habe ich tagelang bis zehn Uhr abends telefoniert?«

»Wahrscheinlich, weil du dein Pensum nicht geschafft hast! Was meinst du, wie lange ich hier oft rumsitze, nur um meine Sendeplanung hinzubiegen?«

»Das kann doch alles nicht wahr sein.« Mein Puls rast. »Jetzt, wo alles perfekt im Kasten ist, wollt ihr mich wegen dreitausend Mark fertigmachen?«

»Deine Aufgabe ist es, Geschichten zu recherchieren. Nicht mehr und nicht weniger. Dafür haben wir dich eingekauft. Und, bitte, tu mir noch einen Gefallen: Markier hier nicht immer den wilden Mann. Sei froh, dass wir das Geld nicht von dir zurückfordern. An deiner Stelle wär ich so klein mit Hut.« Helga zeigt einen Zentimeterabstand zwischen Daumen und Zeigefinger.

Matt. Schachmatt. Wieder einmal bin ich der Superarsch, ganz unten. Ich kann sicher sein, dass Olga längst alles erfahren hat.

»So, jetzt zurück zur Tagesordnung. Paula! Lass uns mal deine aktuelle Beitragsliste durchgehen. Du hast mir letzte Woche versprochen, dass endlich eine deiner Geschichten klappt.«

Paula ist schon drei Monate bei uns und hat noch nicht eine einzige Geschichte recherchiert, die wir hätten drehen können. Sie produziert nur Rohrkrepierer. Langsam läuft ihre Schonzeit ab.

Anfangs, als sie kam, war ich total scharf auf sie. Sie erinnerte mich an Rachel, die erste Frau, mit der ich geschlafen habe. Damals in der zehnten Klasse, als ich mit meinem besten Freund nach Brighton gefahren bin. Sprachurlaub nannten es die Eltern, aber wir hatten nur Mädels im Kopf. Wir haben nix gelernt, sexual intercourse ist eine der wenigen Vokabeln, die ich mir merken konnte.

Mitten in meinen Pubertätserinnerungen wird schon wieder die Türe aufgerissen. Olga kommt mit einem Zeitungsartikel hereingestürmt.

»Die Geschichte hier will ich haben. Kostet nicht viel und kann leicht in zwei Tagen realisiert werden. Wer will?«

»Gib sie Paula. Die hat sowieso nicht viel am Start«, entscheidet Helga. Olga drückt Paula den Artikel in die Hand.

»Hier, kriegst du das hin?«

»Was ist es denn für eine Story«, fragt Paula leise.

»Ein kleiner Junge ist mit dem Finger im Kaugummiautomaten hängengeblieben. Süß, oder?«

»Ja, aber muss man da nicht erst den Hersteller fragen?« Paula macht's mal wieder ganz schön kompliziert und drückt auf die falsche Hupe.

»Raub mir jetzt nicht den letzten Nerv, Mädchen. Ich will keine Kunst, ich will Recherche.« Olga klatscht in die Hände. »Mach hinne. Ende der Woche fährst du raus und schaust dir die ganze Chose mal an. Am besten fährt Eric mit. So, das war's schon. Weitermachen!«

Wieder fällt die Tür laut ins Schloss. Feine Staubkörnchen wirbeln durch die Luft.

»So, jetzt habt ihr es mal von Olga persönlich gehört. Klotzen, klotzen, klotzen. Außerdem fallen wir bis Weihnachten kein Mal mehr aus. Der Sender hat es sich anders überlegt.«

Helga redet sich wieder in Rage, bis es an der Tür klopft und Eric lächelnd seinen Kopf in den Raum steckt. Helgas Gesichtszüge glätten sich, ihre Stimme vibriert, überschlägt sich kurz und endet in einer Tonlage, die wir nie von ihr zu hören bekommen:

»Eric, da bist du ja wieder. Oh, ist das schön dich zu sehen!« Der Prinz nimmt die Huldigungen gelassen entgegen, der Prachtkerl der Produktion ist so was gewöhnt. Unser Aufnahmeleiter Nummer eins: braungebrannt, 190 Zentimeter groß, ein Muskelpaket mit perlweißen Zähnen. Er jettet von Dreh zu Dreh: Österreich, Italien, Schweiz. Meistens macht er die Moderationen mit Häuptling Silberlocke höchstpersönlich, dem alternden Anchorman unserer Tränendrüsen-Mitgefühl-Show.

Helga drückt ihn an sich.

»Erzähl, wie war's?«

»Alles bestens, und ihr werdet es nicht glauben: Wir hatten die Seilbergung mit dem Hubschrauber gerade abgedreht. Der Dicke hing noch vierzig Meter tiefer, als mich der Pilot anfunkte und fragte, ob wir eine Taufe sehen wollten? Ich wusste sofort Bescheid. Es war Silberlockes erster Außenflug. Es kam das Flugretter-Ritual, das jedem Frischling blüht! Also, der Heli flog eine Kurve, ging tiefer und tauchte Silberlocke bis über den Scheitel in den See. Ich sage euch, der hing völlig fassungslos am Hubschrauber, wie ein nasser Sack. Die komplette Crew stand am Ufer und konnte sich vor lauter Lachen kaum mehr halten.« Natürlich lachten wir auch. »Wartet, wartet! Das Beste kommt noch. Abends sitze ich mit Silberlocke zur Arbeitsbesprechung an der Hotelbar. So nebenbei kippen wir einen Grappa nach dem anderen, bis er alle ist. Da kommt der Wirt, zweimal so fett wie Silberlocke, und will uns einen Likör ausgeben. Silberlöckchen, voll wie ein Eimer, glotzt ihm tief in die Augen und raunzt ihn an: Hör zu, Obelix, sehe ich aus wie ein Mädchen? Bring uns sofort Marillenschnaps, sonst dreh ich durch.«

Für seine Anekdoten aus dem abenteuerlichen Leben von Silberlocke gibt es Küsschen links, Küsschen rechts von Helga. Auch von Olga, die von der lauten Heiterkeit erneut in Helgas Büro gelockt wurde. Nun zwitschert sie mit Everybodys Darling Mr. Eric ab.

Helga spricht noch mal von Vorbildcharakter, Professionalität und Perfektion. »Los, Paula! Wie machen wir das mit deiner Kindergeschichte? Wann können wir drehen? Laut Sendeplanung sind es noch sieben Wochen bis zur Ausstrahlung. Wir kombinieren den Feuerwehrdreh und die Nummer mit dem Kaugummiautomaten! Es müssen zwei Schnellschüsse werden. Kriegst du das hin?«

Paula wird rot. Ihr fehlt noch der Psychologe. Den hat sie vergessen. Wer mit stark traumatisierten Kindern dreht, braucht ein zusätzliches Gutachten für den Arbeitsschutz.

Mittendrin klingelt zum x-tenmal das Telefon. Helgas Gesichtsfalten werden während des Gesprächs immer tiefer. Bleich legt sie den Telefonhörer auf die Gabel.

»Jetzt haben wir die Kacke am Dampfen. Der Sender will unsere aktuelle Folge vom Sonntag nicht abnehmen. Angeblich sind zwei Beiträge zu langweilig.«

»Warum das denn? Wir sind doch noch nie durch die Abnahme des Senders gefallen!«

Franz rutscht aufgeregt auf seinem Sessel herum. Alle starren Helga an.

»Wenn man einmal auf der schwarzen Liste steht, geht das wochenlang so«, schreit Helga hysterisch. Sie verschluckt sich, hustet. Speichel spritzt aus ihrem Mund.

»Wir müssen umschneiden, aber ich habe keine kurzen Geschichten mehr, die zu den Wassersport-Moderationen passen. Die, die ich noch im Stock habe, sind viel zu lang. Wir überschreiten unsere Nettosendelänge um mehr als sieben Minuten. Jedes Mal sage ich euch, dass wir Vorlauf brauchen!«

Sie ringt nach Luft.

»Olga fährt am Nachmittag mit Toni zum Sender. Wer weiß, vielleicht können die beiden ja noch etwas retten. Paula, verstehst du jetzt endlich, worum es geht?«

Paula ist in sich zusammengefallen. Ihr steht der Schweiß auf der Stirn.

Ich sehe auf die Uhr. Kurz nach zwölf. Jetzt bin ich an der Reihe. Vor mir liegt meine Beitragsliste. Wie gewohnt spule ich mein Pensum herunter. Bei meiner letzten Geschichte hakt Helga nach.

Alwin und Erwin Mader, zwei Jungen in Niederösterreich, spielen auf dem Hof der Familie Stier und Torero. Dabei stolpert Alwin und stürzt direkt in die rostige Mistgabel, die sein Bruder hält. Aufgespießt liegt der Junge auf dem Boden. Erwin rennt ins Haus und holt seine Eltern, die den Rettungswagen verständigen. Natürlich wird der Junge gerettet.

»Wirklich eine super Geschichte«, sagt Helga. »Hast du alle am Start? Wann willst du auf Motivbesichtigung? Ich glaube, dass das eine Nummer für Diego ist. Der braucht dringend wieder einen Auftrag.« Süffisant lächelt sie in die Runde und sieht dabei ziemlich dumm aus. »Ich rufe Diego gleich an. Er soll sich einen Kameramann aussuchen. Bist du sicher, dass alles klappt?«

»Natürlich wird alles klappen. Wie immer, Helga. Wie immer.«

Das ist eine glatte Lüge, da mir noch der leitende Notarzt fehlt. Blöderweise ziert der sich und hat anscheinend keine Lust mitzuwirken. Aber ich will nach Österreich. Endlich mal wieder raus. Jede Reise ist eine Erleichterung. Raus aus diesem Redaktionspuff.

Mich trifft ein strafender Blick von Maja. Sie weiß, dass ich noch keinen Arzt habe. Und sie weiß auch, was das bedeutet: kein Arzt, keine Klinik. Mein Gott, keine Klinik. Das bedeutet schlicht und einfach: keine Story.

Mein Magen meldet sich wieder. Helga ist nicht zufrieden. Sie will mehr. Ich kann ihr nur noch die Geschichte mit der alten Frau bieten.

»Mich interessiert nicht, ob die Frau siebzig oder achtzig ist. Ob fit oder todkrank. Du hast gesagt, dass es klappt. Also dann mach!«

Kurz vor der Mittagspause beendet Helga die Konferenz: »Wir dürfen dem Sender keine Gründe mehr liefern, *Happy End* infrage zu stellen. Die verkaufen uns als Fünf-Millionen-Zuschauer-Show. Wenn ihr das ab jetzt nicht jeden Sonntag bringt, seid ihr arbeitslos. Mahlzeit!«

Nach diesem Mega-Generve brauche ich erst mal einen starken Kaffee und eine kurze Pause. Denkste! Kaum habe ich einen ersten Schluck getrunken, steht Olga vor mir in der Kaffeeküche.

»Ich hab dich schon gesucht.« Sie packt mich am Ärmel und zieht mich mit sanfter Gewalt in ihr Büro.

»Spezialauftrag für dich. Du magst doch die widerlichen Splatternummern!« Ich bejahe gespannt.

»Die hier ist nun wirklich ekelhaft. Der Zeitungsausschnitt wurde mir aus Berlin gefaxt:

LEBENDE FACKEL AUF DER BAUSTELLE POTSDAMER PLATZ …

Während der Fertigstellung des Soundsohauses fing der Baustellenkran der Firma Beckstein aus bisher ungeklärter Ursache Feuer. Blitzschnell züngelten die Flammen nach oben. Für den Kranführer war an einen Abstieg durch die Flammenhölle nicht zu denken. Als der Rettungshubschrauber am Unfallort eintraf, brannte der Mann bereits lichterloh. Der Flugretter des Hubschraubers fasste kurzerhand den Entschluss, den Mann am langen Tau herauszuholen! Bla-bla-bla. Hier geht's weiter. *Der Flugretter sagte später im Interview: ›Das Feuer war überall. Wir mussten mehrmals anfliegen. Die Gefahr, dass das Tau brennt, war zu groß. Immer wieder habe ich den Mann angeschrien, er solle weiter hochklettern. Gott sei Dank, hat er es bis auf die höchste Stelle des Krans geschafft. Wie eine lebende Fackel ist er da oben rumgeklettert. Ich hoffe, dass er überleben wird.‹*

Und? Das ist doch eine Nummer für dich.« Olga sieht mich erwartungsvoll an. »Ich will den Beitrag in zwei Wochen versenden. Mit dieser Geschichte verschaffen wir uns erst mal wieder etwas Luft. Der Sender ist heiß auf solche Schicksale. Kriegst du das hin?«

»Der Typ liegt doch noch auf der Intensivstation. Es ist nicht einmal sicher, ob er überleben wird!«

»Der muss nur so lange leben, bis der Beitrag versendet ist«, erwidert Olga ungeduldig.

»Ich weiß nicht, Olga!«

»Reiß dich zusammen, Max. Hier steht, dass außer dem Gesicht alles verbrannt ist. Das ist wunderbar! Ihr zieht dem was Nettes drüber und schnappt euch einen pfiffigen Maskenbildner. Los jetzt! Du kennst die meisten Ärzte in der Charité. Ihr habt die Sommermoderationen dort gemacht!«

»O.k. Wie lange habe ich Zeit?«

»Keine Zeit. Anrufen, buchen, drehen. Zack, zack! Du hältst mich auf dem Laufenden.«

Ich verlasse ihr Büro und gehe in die Küche, um mir

einen neuen Kaffee zu holen. Mein Kopf dröhnt. In zwei Wochen versenden. Die Alte hat einen Knall! Das klappt nie. Aber wenn doch, habe ich wieder gute Karten. Ich werde mich da jetzt voll reinhängen. Die Recherche für Österreich kann etwas warten. Ich kehre in mein Büro zurück.

Ich muss jetzt telefonieren. Ich mache mir Notizen. Ich brauche Telefonnummern. Vom Arzt, von den Angehörigen und seinen Arbeitskollegen.

Scheiße! Die Auskunft ist wie immer besetzt. Es ist halb eins. Ich werde es nach der Mittagspause wieder versuchen. Ich klaue Jens den »Kicker« vom Schreibtisch und gehe in Richtung Kantine.

Hier ist alles aus Plastik. Der Boden ist grün, die Wände braunblau getupft, die Stühle sind stapelbar und haben graue Sitzschalen. Ich stochere in meinem Gurkensalat herum. Der Inhalt des kleinen Schälchens ist schnell verschlungen. Ich summe »Bobby Brown« von Frank Zappa vor mich hin. Am Nebentisch höre ich Werners Mittagessenphilosophie. Werner ist unser ostdeutscher Aufnahmeleiter. »Ein kaltes Frühkölsch wäre jetzt geil. Und dazu ein paar Brasilgirls, die dir ihre dicken Dinger ins Gesicht reiben, während dich dein Banker anruft und dir sagt, wie du deinen Lottogewinn am besten anlegen solltest. Einfach so. Versteht ihr das?« Werner krault sich seinen dichten Schnurrbart.

Maja, die das im Vorbeigehen auch mitbekommen hat, schüttelt nur den Kopf.

Auf dem Rückweg atme ich tief durch. Das kurze Stück von der Kantine bis zur stickigen Redaktion tut gut. Täglich haben wir fünf Minuten Freigang. Die Kantine liegt in einem anderen Gebäude.

Es hat wieder angefangen zu regnen, und der Wind bläst mir kalt ins Gesicht.

Der Porsche von Geoffrey steht schon vor der Türe. Mit ihm habe ich gleich ein kurzes Date. Geoffrey ist unser Sicherheitskoordinator und zuständig für alle Stunts.

Ich laufe die Treppen zur Redaktion hoch. Geoffrey unterhält sich gerade mit Helga. Auch er bekommt einen Griff auf den Arsch. »Na, süße Schwuchtel«, brummt er mir lächelnd hinterher. »Ich komme gleich.«

Helga ruft auch noch irgendwas. Ich höre es nicht, denn es interessiert mich nicht.

Mit Geoffrey möchte ich keinen Ärger haben. Früher war er bei der GSG9, darüber redet er nur noch, wenn er betrunken ist. Bei unseren Dreharbeiten sichert er die Darsteller im Gelände ab. Er präpariert Autos oder springt mal eben in eine Gletscherspalte.

»Na, Splatterman!« Geoffrey hat mein Büro betreten. »Oh, Maja, hast du eine neue Frisur? Du siehst heute ganz besonders hinreißend aus.«

Sie lacht. »Ach, Geoffimaus, das Gegurre nimmt dir doch keine ab.«

»Los, Mäxchen, watt is wieder mit den Ösis los? Erzähl mal kurz. Ich hab nicht viel Zeit.«

Während ich ihm schnell den Fall beschreibe, zündet sich Geoffrey eine filterlose Camel an.

Der Dreh klingt einfach für ihn. »Kein Problem. Das können die Kids selber spielen. Wenn der kleine Alpenheini auf die Forke zurennt, dann halte ich natürlich das Teil. Er läuft daran vorbei. Der Zuschauer aber denkt, dass der Junge mittendrin hängt. Wir machen mit einer Stiftkamera eine Subjektive. Dann wird's spannender, weil der Zuschauer es aus der Sicht der Forke mitbekommt. Gut, Junge. Wenn du die Geschichte geschrieben hast, dann fax mir das Ding einfach mal rüber. Wer macht denn überhaupt Regie?«

»Helga hat sich Diego gewünscht«, antworte ich.

»Dat Lockenköpfchen«, kalauert Geoffrey, er grinst dabei und spricht schönstes Urkölsch. Ich muss lachen: Diego hat nur noch einen kümmerlichen Haarkranz.

Das Telefon klingelt. Hoffentlich ist es Hollywood. Dann könnte ich hier den Abflug machen. Geoffrey haut ab.

Es ist Nadja. Teilnahmslos höre ich mir an, was sie zu sagen hat, schiebe ab und zu ein Ja oder Nein zwischen ihre Sätze und lasse all die Vorwürfe über mich ergehen, die ich mir heute, in ähnlicher Weise, schon von Jonas anhören musste. Dann wird Nadja plötzlich leise, sie fragt: »Wie soll es weitergehen, Max? Du musst mir das erklären, ich versteh dich nicht mehr. Wir müssen reden! Können wir uns heute Abend sehen?«

Was soll ich ihr sagen? Ich will sie nicht sehen. Ich will nicht reden, will weder heute noch morgen meine Gefühle sezieren. Mir geht es beschissen, und unsere Beziehung ist nur eine von vielen Ursachen dafür. Zur Zeit kann ich mir einen Krieg an zwei Fronten beim besten Willen nicht leisten. Nicht jetzt! Aber Nadja wird sich nicht auf nächste Woche vertrösten lassen. Wenn wir uns heute nicht sehen, wird es komplett die Hölle. Also willige ich ein, in der Hoffnung, die großen Emotionen klein zu halten: ein Waffenstillstand auf Zeit.

»Gut, Max. Dann um acht Uhr bei mir, ja? Ich koche was Schönes, sorgst du für den Prosecco?«

Wenn Nadja was Schönes kocht, gibt es Lachsauflauf. Ich kann das Zeug nicht mehr sehen!

»Ach, ja, jetzt hätte ich beinah vergessen, was ich dir von Johanna ausrichten soll: David ist für drei Monate in der Stadt. Er will dich anrufen.«

David ist in der Stadt! Mir wird heiß und kalt zugleich. Wie lange habe ich David nicht mehr gesehen! David ist eine meiner größten Leichen im Keller. David, mein Freund und großer Bruder, den ich schwer beschissen habe …

Wir legen auf. Ich kaue an meinem Bleistift und starre auf die vergilbten Fotos an der Wand. Nadja habe ich vor Jahren auf einer Party kennen gelernt. David machte mich auf sie aufmerksam: »Siehst du den Engel mit den dunklen Haaren auf der Tanzfläche?« Ich sah ihn. Mir stockte der Atem. Kein Zweifel. Nur Staunen. Was für eine Frau! David zog mich auf die Toilette. Dort zogen wir uns eine Spur vom Dom bis nach Kolumbien. Der Schnee war kalt, aber mein Herz war heiß. Ich war auf dem besten Wege direkt zum Mars. Meine Rakete war vollgeknallt bis zum Anschlag. David packte mich an den Eiern und sagte, dass ich es bringen würde. Er hatte so Recht, und er war so sehr mein Bruder in diesen Tagen. Drei Stunden später küssten Nadja und ich uns auf dem Parkplatz die Lippen blutig. Wir nahmen uns ein Taxi und fielen übereinander her.

»Brauchst du ein Kissen, oder geht's noch?« Unvermittelt reißt mich Helga aus meinen Träumen.

»Was?«

»Wenn du ausgeschlafen hast, bring mir bitte die Geschichte.«

»Welche Geschichte?«

Helga nimmt die Brille von ihrer Nase und kaut auf dem linken Bügel herum.

»Lass deine schlechten Scherze. Hast du die Drehgenehmigung in Österreich oder hast du sie nicht?«

»Ich habe sie nicht«, antworte ich genervt, »du weißt doch, dass ich die Recherche für Olga so schnell wie möglich fertig machen muss. Die Krangeschichte ist im Moment wichtiger.«

»Nur, weil du eine zusätzliche Story zu bearbeiten hast, heißt das noch lange nicht, dass alles andere liegen bleiben kann. Also, worauf wartest du?«

Und schon ist Helga wieder draußen.

Ich schlürfe an meinem Kaffee. Maja guckt mich mitleidig an und verlässt den Raum. Ich hänge mich ans Telefon.

»Scheiß Auskunft! Noch immer besetzt.«

Ich versuche es wieder. Endlich. Ich bekomme die Privatnummer des Stationsarztes, den ich kenne. Er hat heute frei.

»Hallo, Steffan, hier ist Max. Wir haben vor einiger Zeit die Moderation mit Silberlocke bei euch gedreht!«

»Ja, klar. Ich erinnere mich.«

»Tut mir Leid, dass ich dich an deinem freien Tag anrufe, aber ich brauche deine Hilfe.«

»Um was geht's? Sag jetzt nicht, um den brennenden Kranführer. Der liegt auf der IT. Mit dem kann man unmöglich einen Film machen.«

»Wir wollen ihn ja auch nicht rausschaffen. Nur ein kleines Interview. Ist er ansprechbar?«

»Es geht. Er hat schwere Verbrennungen am ganzen Körper. Es ist ein Wunder, dass er überhaupt noch lebt.«

»Was ist er denn für ein Typ? War sein Retter schon bei ihm?«

»Ja, heute Morgen. Sie haben kurz miteinander geredet.«

»Meinst du, ich kann mal mit ihm sprechen? Ich mache es ganz kurz. Ich verspreche es dir.«

»Das kann ich nicht machen. Tut mir Leid, Max.«

»Wieso, du bist doch der Chef der Station? Du brauchst nur ein schnurloses Telefon reinzubringen. Seine Frau will ihn doch auch anrufen können.«

»Max, jeden Tag kann eine Krise auftreten. Wir wissen doch noch nicht einmal, ob er überhaupt überleben wird!«

»Vor einigen Monaten haben wir euer Haus ganz toll in Szene gesetzt, Steffan. Vergiss das nicht! Jeder in

Deutschland kennt jetzt euer modernes Klinikum. Bitte, ich brauche deine Hilfe! Wir machen nur ein kurzes Interview. Er sagt, wie dankbar er ist, noch zu leben, und wie sehr er seine Frau liebt. Vielleicht noch etwas zur Geschichte, und dann sind wir wieder weg. Wir bauen nur ein ganz kleines Licht auf. Fünfundzwanzig Minuten. Versprochen.«

»Ich denke darüber nach. Aber zuerst muss ich mit meinem Chef sprechen. Ruf mich später noch mal an.«

»Danke, Steffan. Bestell ihm bitte einen schönen Gruß von Olga und mir.«

Wow! Der überlegt, ob er dem Typen das Telefon ins Zimmer bringt.

Ich bin ein Monster.

Ich rufe Olga an. »Olga, ich habe gerade mit dem leitenden Stationsarzt gesprochen. Er denkt darüber nach. Wie hoch ist unser Budget? Kann ich dem Klinikum eine größere Spende anbieten?«

»Ja. Aber sprich bitte dieses Mal vorher mit Toni darüber. Halt mich auf dem Laufenden. Ich will diese Geschichte unbedingt!«

Ich habe direkt bessere Laune. Maja ist wieder am Platz. Sie hat mir ein Mars mitgebracht. Ich schicke ihr einen Kuss durch die Luft.

Vielleicht krieg ich diese Geschichte in Österreich auch noch rund. Ich muss mit dem ärztlichen Direktor sprechen. Vielleicht kann er mir helfen, den Scheißnotarzt zu überzeugen. Nach mehreren Anläufen habe ich ihn endlich am Hörer. Er sagt mir, dass Dr. Holzenrieder heute keinen Dienst mehr habe. Ihm sei mein Anliegen bekannt. Der Doktor lasse ausrichten, dass er, wenn überhaupt, nur in einem persönlichen Gespräch vor Ort zu überzeugen sei. Dementsprechend verhalte es sich auch mit der Genehmigung im Krankenhaus.

Wenn der Notarzt sich zur Verfügung stellt, dann

habe ich die Drehlocations und die Pfleger. Ich könnte jetzt noch zu Helga gehen und sie bitten, die Vorbesichtigung zu verschieben. Dann hätte ich mehr Zeit, den Arzt zu überzeugen. Aber ich will jetzt kein Zurück. Ohne die Zustimmung des Arztes setze ich alles auf eine Karte. Morgen werde ich es wieder versuchen. Irgendwann muss es ja klappen.

Kurz nach sechs verlasse ich die Redaktion. Während ich zum Parkplatz laufe, begegne ich einer Kollegin. Sie möchte seit einer Woche die Telefonnummer eines Kameramannes haben, den ich kenne.

»Tut mir Leid, ich habe es schon wieder vergessen.«

»Kein Problem, rufst du mich morgen an?«

»Ja, klar.«

Es hat sich eingeregnet. Fette, graue Wolken verdunkeln den Himmel. Tief Helga hat Köln erreicht. Einen passenderen Namen hätten die Meteorologen nicht finden können.

DIENSTAG

Es ist halb acht. Nadja liegt neben mir. Seit fast zwei Stunden versuche ich, wieder einzuschlafen. Der gestrige Abend war so schlimm wie erwartet. Nadja hat mich mit Vorwürfen förmlich überrollt. Eine Stunde lang musste ich mir anhören, was die Freunde ihrer Freundinnen alles für deren Beziehungen tun. Gemeinsamer Urlaub, Blumen, kleine Geschenke, gefühlvolle lange Ficks.

»Was ist nur aus uns geworden? Was ist nur aus uns geworden?«, stammelte sie immer wieder, während ihre Schminke langsam in Auflösung geriet. Irgendwann klebte der Lachsauflauf auf dem Küchenboden, und der Prosecco half auch nicht mehr. Entnervt ließ ich Nadja zurück und ging in die Eckkneipe. Dreißig Minuten später stand sie neben mir. Wir haben gesoffen und weiter gestritten. Zur Versöhnung habe ich keinen mehr hoch bekommen.

Ich starre Nadja an. Sie schläft fest. Ihr Mund ist offen, und alle fünf Sekunden entweichen Alkohol und Magensäure. Ich wälze mich aus dem Bett und wanke ins Bad.

Nach der Dusche fühle ich mich besser. Mir fällt ein, dass ich diese Nacht von David geträumt habe. Ich habe ihn um ziemlich viel Geld beschissen. Nach dem Tod meiner Eltern hatte mich Davids Mutter in ihre alte Jugendstilvilla geholt. Sie behandelte mich wie ihren eigenen Sohn. Mit David war alles so einfach. David, der Gasgeber, die Kernexplosion, das Alpha-Tier. Wir waren dauerbreit und ständig »drupp«. Drupp wie Jupp. Nach dem Eklat musste ich innerhalb weniger Stunden aus dem Haus. David ging ein paar Wochen später nach London. Das war das letzte, was ich von ihm gehört habe.

Noch eine Stunde, dann muss ich wieder raus in die Fabrik. Häuptling Silberlocke wartet gebannt auf neue Schicksale. Nadja ist durch meinen Lärm wachgeworden. Sie steht auf und holt schnell frische Croissants. Ich betrachte mich im Spiegel. Die fast dreißig sieht man mir nicht an. Immer noch ein bisschen wie Johnny Depp! Und ich habe vorgesorgt. Mein bester Freund Ramon weiß, was er tun muss, wenn ich fett bin und die Haare nur noch einen Kranz bilden. Ich werde auf keinen Fall wie ein Kinderschänder durch Europa laufen. Er hat versprochen, mich rechtzeitig zu überfahren.

»In den Magic Media Studios wird heute zum ersten Mal die Lateshow aufgezeichnet. Papa hat mir Karten besorgt. Da laufen viele wichtige Leute rum. Vielleicht kannst du ein paar Kontakte knüpfen.«

»Fang nicht schon wieder so an wie gestern Abend.«

Ich tunke mein Croissant mit Nutella in den Kaffee.

»Mit dieser Einstellung wirst du nie etwas anderes machen als *Happy End*.«

»Wer sagt das? Papa, der große Fernsehheld?«

»Du solltest mal über deine Zukunft nachdenken. Mit deinem Gehalt kannst du niemals eine Familie ernähren. Und ewig wird mein Vater mich auch nicht unterstützen.«

»Ich hab heute ein Höllenpensum vor mir, also nerv nicht. Außerdem bin ich mit Ramon verabredet. Wir wollen in der Südstadt Fußball sehen, Bayern spielt.«

Draußen gebe ich Nadja schnell einen Kuss. Sie hält mich fest.

»Was ist denn?«

»Liebst du mich eigentlich noch?«

»Ja, ja, klar.«

Wie immer stelle ich meinen geleasten Golf auf dem zweihundert Meter entfernten Schotterparkplatz ab. Sonnenkönig Silberlocke und seine Günstlinge parken hier nicht. Sie stehen mit ihren gefönten Schlitten in der beheizten Tiefgarage.

Maja ist schon da. Aufgeregt unterhält sie sich mit Susanne und Franz. Als sie mich kommen sehen, verstummt das Gespräch.

»Was ist los?«

»Dicke Scheiße ist los. Jens ist gefeuert worden.«

»Was heißt gefeuert worden?«

»Ja, gefeuert. Ende, aus, Schluss. Finito.«

Alle blicken stumm in ihre Kaffeebecher. Ich lasse mich auf meinen Schreibtischstuhl fallen.

»Aber, wie das denn? Warum? Das geht mir nicht in den Kopf. Kann mir das mal einer erklären? Jens machte seine Sache ziemlich gut. Alle seine Beiträge gingen auf Sendung. Also! Man verliert doch nicht einfach so seinen Job.« Keine Antwort.

»Was ist los? Susanne, äußer dich doch mal!«

Ihre Reaktion besteht darin, in die Küche zu gehen und neuen Kaffee zu holen.

»Ich raste hier gleich tierisch aus, wenn ihr nicht endlich das Maul aufmacht!«

»Es hat keinen Sinn«, sagt Franz leise.

»Wieso?«

»Olga hat Jens voll zur Schnecke gemacht. Ich habe sie noch nie so laut schreien hören. Angeblich soll Jens die Wünsche des Regisseurs nach noch mehr Equipment und Drehzeit nicht erfüllt haben. Und als der Regisseur ihm gedroht hat, mit Olga zu sprechen, hat er, wieder angeblich, gesagt, dass ihm das total egal sei. Er wäre der Aufnahmeleiter, und er würde entscheiden, was gebraucht würde und was nicht.«

»Welcher Regisseur?«

»Diego, wer sonst!«

Ich verdrehe meine Augen. »Die Sau hat ihn verpfiffen.«

»Moment«, unterbricht Maja. »Es ist überhaupt nicht bewiesen, dass Jens das alles gesagt hat. Ihr kennt doch Diego! Der hat eine Höllenangst vor Olga. Wir sind die Einzigen in Köln, die ihn buchen. Der dreht aus Panik jede Einstellung dreimal.«

»Gibt es denn keine Zeugen?«

Ich schaue Franz an. Er kommt ganz nahe an mein Ohr.

»Doch, aber die wissen auf einmal von gar nichts mehr. Die Freien sind noch größere Nutten als wir. Jens ist gestern fast übergeschnappt, als er das gehört hat.«

Susanne kommt ins Büro zurück. Sie bringt ein Tablett mit frischem Kaffee. Ich tunke ein Balisto in meine Tasse.

»Diego, das Arschloch. Ich hasse ihn. Er hat bestimmt gelogen, weil sein Film nicht toll geworden ist und er Panik vor der Abnahme hatte.« Die anderen stimmen mir zu.

»Wenn der Sender nicht bald eine neue Staffel kauft, dann rollt sowieso die Entlassungswelle. Egal ob Freie oder Feste. Unsere Staffelverträge laufen in vier Wochen aus. Das ist der ideale Weg, um ein paar Leute loszuwerden, die man nirgendwo anders mehr unterbringen kann. Jens war ohnehin nicht Olgas Liebling.« Susanne bringt es auf den Punkt.

»Sollen wir deshalb die Fresse halten? Maul hatten, weiterarbeiten!« Ich rege mich fürchterlich auf.

»Ich kann es mir nicht leisten, meinen Job zu verlieren. Vielleicht wird ja doch verlängert. Mit Olga sollte man es sich besser nicht verscherzen. Die kann einen immer irgendwo unterbringen.« Susanne schaut auf den Boden.

Jens tut mir Leid. Obwohl er mir ständig die Duplos weggefressen hat. Komisch, dass ich jetzt daran denken muss.

»Max, ich glaube es ist besser, wenn du zuerst mal mit ihm sprichst. Zu dir und Werner hat er doch das größte Vertrauen. Werner sitzt schon mit ihm drüben im Aufnahmeleiterbüro.«

Jeden Tag gibt es eine andere Baustelle, die man abarbeiten muss. Ich wäre besser im Bett geblieben. Wenn es so weitergeht, werde ich noch zu Rambo in Fernsehland.

Jens hockt auf seinem Stuhl und starrt in den Raum.

»Sag jetzt bitte nichts.«

Er gibt sich cool, was mich wenig beeindruckt.

»Was hat Olga genau gesagt?«

Genervt stöhnt er auf, so, als wolle er es nicht zum x-tenmal erzählen und leiert es dann doch herunter: »Meine Einstellung würde nicht mehr stimmen. Außerdem sei ich schon zu lange in derselben Produktion. Ich solle mal was anderes machen. Das sei gut für meine Karriere. Ihre Beleidigungen habe ich jetzt weggelassen.«

»Wie bitte? Dein Vertrag wird gekündigt, weil das gut für deine Karriere ist! Junge, deine Karriere ist im Arsch. Und, nimmst du dir einen Anwalt? Ich würde mir das nicht gefallen lassen.«

»Dafür hab ich keine Kohle.« Jens schaut mich traurig an. Er hat als Kabelträger bei *Rudis Urlaubsshow* angefangen, und danach war er Regie-Assistent bei *Jeopardy*. Unser alter Produktionsleiter hat ihn dann vor zwei Jahren hierher geholt. Und jetzt?

Das Telefon in meinem Büro klingelt. Ich gebe Jens einen Klaps auf den Hinterkopf und laufe rüber. Später werde ich noch mal mit ihm reden.

Maja reicht mir schon den Hörer rüber. Es ist das Opfer einer meiner neuen Geschichten: »Guten Morgen, Frau Schnitzler. Wie geht es Ihnen?«

»Nicht so gut, junger Mann. Ich komme gerade vom Arzt.«

»Was meint der Doktor? Können wir drehen?«

»Leider nein! Er sagt, dass ich wieder innere Blutungen habe. Ich muss noch mal operiert werden.« Ihre Stimme ist auf einmal ganz dünn.

Vor einem halben Jahr ist ihr die Bauchschlagader geplatzt, was normalerweise kaum jemand überlebt. Ich kann mich noch gut daran erinnern, wie diese Geschichte auf meinem Schreibtisch landete. Es war eine kleine DPA-Meldung: *Rentnerin benötigt über einhundert Blutkonserven in einer siebenstündigen Notoperation.* Das perfekte Splatterspektakel. Über einhundert Blutkonserven, ein Wahnsinn! Die gute Frau hat wohl alleine sämtliche Reserven der Blutbank gesprengt.

Das alles ist jetzt Schnee von gestern. Frau Schnitzler muss wieder operiert werden, und ich habe eine Geschichte weniger auf meiner Liste. Leider war dies nicht irgendeine Geschichte, sondern sie war als Innendreh geplant. In den kalten und lichtschwachen Monaten brauchen wir dringend Stories, bei denen uns das Wetter keinen Strich durch die Rechnung machen kann. Das werde ich gleich Helga beibringen müssen. So eine Kacke!

Trotz meiner Enttäuschung tut mir die Frau Leid. Ich glaube, sie hat sich nur darauf eingelassen, weil sie sich ziemlich einsam fühlt. Sie ist nicht der Typ Mensch, der unbedingt vor die Kamera will. Da platzt einem die Aorta und kurze Zeit später ruft schon das Fernsehen an. Ich versuche, sie ein wenig aufzuheitern, aber leider fehlt mir die Zeit dazu, es richtig zu tun. Zwei weitere Anrufer sind in der Warteschleife. Mein ISDN-Display blinkt wie das Blaulicht des Rettungswagens.

»Hoffentlich bis bald, Frau Schnitzler!«

Nach einem Knopfdruck tirolert mir ein »Habe die Ehre, junger Mann!« entgegen.

»Josef, bist du's? Das ist ja eine Überraschung. Wie geht's dir?«

Es ist Josef Huber, der den größten Hubschrauberstützpunkt in Tirol leitet, mein ganz persönlicher Retter. Er hat mich aus einer Gletscherspalte gezogen, und seitdem verbindet mich mit ihm weitaus mehr als nur Dankbarkeit. Wir sind Freunde geworden.

Jetzt ärgere ich mich, dass ich es seit Wochen immer wieder aufgeschoben habe, ihn und seine Frau Kati anzurufen.

»Uns geht es gut, Max. Aber was ist mit dir los? Wir haben schon so lange nichts mehr von dir gehört.«

»Josef, du weißt doch, wie das bei mir ist. Stress, Stress und noch mal Stress. Da bleibt wenig Zeit für was anderes.«

»Das hört sich so an, als ob du ein paar Tage Ruhe bräuchtest. Wir würden uns freuen, wenn du dich mal wieder bei uns blicken lässt. Wie wär's gleich mit diesem Wochenende? Am Freitag ist Bergretterball, den wirst du dir doch nicht entgehen lassen! Komm doch vorbei!«

»Ach, Josef. Ich weiß nicht, ob ich das hinkriege. Wir fahren zwar am Donnerstag nach Kärnten, aber es ist noch völlig unklar, wie lange wir für die Motivbesichtigung brauchen. Aber wenn es zeitlich klappt, komme ich vorbei. Versprochen!«

»Wirklich?«

»Ja, natürlich, großes Ehrenwort vom Fernsehoberindianer.«

»Dann ist ja alles klar, mein Freund, servus. Ich hoffe, wir sehen uns.«

Josef, immer auf der Suche nach einem, den er retten kann. Im Grunde genommen hat er Recht. Was spricht denn gegen ein ruhiges Wochenende im Tirol? Man wird wach, und der frische Duft von selbstgebackenem Brot steigt einem in die Nase.

Ich schaue aus dem Fenster auf den aschgrauen Asphalt und die waschbetonverkleideten Baracken von Fernsehland. Für einen Augenblick schließe ich die Augen und denke daran, wie Josef und ich uns das erste Mal begegnet sind. Wir hatten eine Vorbesichtigung auf dem Pitztaler Gletscher, im Juni. Die Sonne stand steil über dem Schneefeld. Die Gegend ist berüchtigt für ihre tiefen Spalten. Wir latschten mit schlechten Schuhen, wenig Kondition und reichlich Terminstress im Kopf über den nassen, von der Sonne angetauten Untergrund. Nur an einem Seil gesichert, stolperte ich hinter dem Bergführer her. Plötzlich brach die Schneedecke unter mir weg, und schwupps saß ich in einer Gletscherspalte fest. Um mich herum nur Weiß. Mit den Fingerspitzen versuchte ich, an den Eiswänden Halt zu finden. Die Schneebrücke rieselte. Ich schaute nicht nach unten, wollte gar nicht wissen, wie weit die Gletscherspalte in die Tiefe ging. Ich hatte eine Scheißangst. Nach einer halben Stunde hörte ich einen Hubschrauber.

Dann seilte sich endlich ein Mann zu mir ab. Das war Josef. Ich fing an zu heulen. Aus zehn Metern wurde ich hochgezogen. Nach der ersten Versorgung durch den Notarzt wurde ich zum Stützpunkt geflogen. Weil ich nicht ins Krankenhaus wollte, nahm Josef mich mit zu sich nach Hause.

So habe ich Josef kennen gelernt. Wann immer er kann, besorgt er mir spannende Geschichten. In den meisten Fällen über seine eigenen Einsätze.

Der zweite Anruf kommt von Helga. »Komm bitte mal rüber. Ich muss mit dir sprechen.«

Das riecht nach einer Krise. Tatsächlich macht sie da weiter, wo sie gestern aufgehört hat.

»Du hältst dich wohl für was Besonderes, kann das sein?«

»Wie meinst du das?«

»So, wie ich es sage.«

»Was soll das hier werden?«

»Ich habe das Gefühl, dass du eine Spur zu überheblich bist. Die Art, wie du dich mir gegenüber benimmst, ist schnodderig und unhöflich. Wenn du ein Problem mit mir und meiner Position hast, dann sag es ruhig. Du musst hier nicht arbeiten, wenn du dich hier nicht wohl fühlst.«

»Worauf willst du hinaus, Helga?«

»Dein Vertrag läuft in vier Wochen aus. Momentan sind deine Karten nicht die Besten. Wenn du nicht aufpasst, bist du der Nächste.«

Ich bin wie gelähmt.

»Wir sind ein Team, in dem alle zusammenhalten und am gleichen Strang ziehen müssen. Wir brauchen keine Einzelkämpfer.«

Langsam kommen meine Reaktionen wieder.

»Du meinst, ich sei nicht teamfähig?«

»Ich glaube, dass du lernen solltest, gewisse Strukturen hinzunehmen.«

Ich starre aus dem Fenster. Ich und in vier Wochen arbeitslos!

»Ich erwarte von dir eine perfekte Österreichnummer. Wenn da etwas schiefläuft, hast du ein echtes Problem am Hals. Aber du sagst ja, dass alles in Butter ist. Also musst du dir keine Sorgen machen. Wir haben die Geschichte übrigens schon in der Sendeplanung.«

Verdammter Mist, wenn ich den Doc nicht kriege, ist hier der Arsch ab. Irgendwie habe ich so etwas geahnt. Die Österreichnummer wird mir noch das Genick brechen.

»Kann ich jetzt gehen?«

»Ja. Nimm aber diese fünf Notfälle noch mit und recherchiere sie bis Mittwoch abend an. Ich will zu jeder Geschichte eine kleine Zusammenfassung. Schriftlich bitte!« Sie drückt mir die Mappe mit den Ausschnitten der Lokalzeitungen in die Hand.

Es wird ihre Stimmung verbessern, aber ich habe auch noch eine Nachricht abzuliefern; irgendwie ist es jetzt fast schon egal: »Ach übrigens, die Nummer mit der geplatzten Aorta klappt nicht. Die Frau muss wieder in die Klinik.«

»Das darf doch nicht wahr sein!«, sagt Helga und schickt mich zurück ans Fließband mit einem Blick, der mir wohl bedeuten soll, dass auch das meine Schuld ist.

Weiß wie Schnee kehre ich in mein Büro zurück.

»Was war denn jetzt schon wieder los, Max?« Mein Aussehen alarmiert Maja.

»Lass mich in Ruhe. Ich erkläre es dir später.«

Maja streichelt meinen Arm.

»Ist schon o.k., Mäxchen. Wir reden später mal ein bisschen. Ich muss dir auch was erzählen.« Sie lächelt mich an.

»Was willst du mir denn erzählen?«

»Ach, nichts, ist nicht so wichtig. Wir können wirklich später darüber reden. Häng dich lieber ans Telefon und mach den Arzt klar. Das ist jetzt dringender.«

»Dringender als was?«, unterbreche ich sie. »Na, komm, sag schon!«

Maja druckst herum.

»Ich weiß gar nicht, wie ich anfangen soll. Weißt du, vor ein paar Tagen hab ich ein Angebot bekommen. Bei Vita suchen die einen Redakteur für ihr neues Reisejournal. Ich bin im Gespräch für den Posten. Aber noch ist alles offen.«

Ich schlucke. Jetzt ist es raus, und ich sehe, dass Maja froh ist, es mir gesagt zu haben.

»Du verstehst doch, dass ich diese Chance nutzen will, oder?«

»Wann könntest du denn da anfangen?«

»Wenn es klappt, in sechs Wochen.«

Ich starre ins Leere. Einatmen. Ausatmen. Das ist der nächste Hammer an diesem Dienstag. Sechs Wochen noch. Jens weg, Max fast gefeuert, Maja weg. Was ist hier eigentlich los?

Das Telefon reißt mich aus meinen Gedanken.

»Ja.«

»Hallo, Max! Steffan hier, aus der Charité. Hör zu, ich habe mit meinem Chef gesprochen. Wir werden euch helfen. Er konnte sich noch gut an die Dreharbeiten mit Silberlocke erinnern. Er lässt euch den Vortritt. Du bist nicht der erste Journalist, der gefragt hat. Ich persönlich fühle mich nicht gut dabei, aber das Unfallopfer scheint geradezu darauf zu brennen, der Welt von seinem Retter zu erzählen.«

»Das ist fantastisch, Steffan. Wir lassen euch natürlich eine großzügige Spende zukommen.«

»Max! Um Geld geht es nicht. Ich sage es dir noch mal: Aus medizinischer Sicht sind die Dreharbeiten noch viel zu früh. Das kannst du auch deiner Chefin sagen. Wir werden uns das vorher schriftlich bestätigen lassen müssen. Sowohl von ihm und seiner Familie als auch von euch. Ihr handelt alle auf eigenes Risiko.«

»Natürlich! Danke, Steffan. Wie geht es ihm? Kann ich mit ihm reden?«

»Das ist gerade schlecht. Wir mussten die Verbände wechseln. Er hat wieder hohes Fieber. Sein Zustand hat sich noch nicht stabilisiert.«

»Eine Frage habe ich da noch, Steffan: Wir wollen unsere Zuschauer natürlich nicht schockieren. Ich meine, können wir ihm irgendwas überziehen?«

»Wie meinst du das, Max?«

»Ich meine, können wir ihn etwas nett machen fürs Interview?«

Auf der anderen Seite der Telefonleitung ereignet sich eine kleine Explosion: »Ich glaube, du machst dir keine Vorstellung über den Zustand des Patienten. Mehr als fünfzig Prozent seiner Haut sind verbrannt.« Steffan brüllt fast in den Hörer.

»Ist ja gut, ich verstehe.« Ich versuche, ihn zu besänftigen. »Mir wird schon was einfallen.«

»Das ist auch besser so! Ruf morgen wieder an. Dann geht es ihm vielleicht besser.«

Ich rufe Olga an und erläutere ihr den Stand der Dinge. Sie ist erfreut, sieht die Sache aber realistisch: »Eigentlich sind wir damit ja noch nicht viel weiter als gestern. Versuch es doch heute Abend noch mal. Vielleicht ist er dann wieder ansprechbar, verstehst du? Je früher wir planen können, desto besser. Sobald du mit ihm geredet hast, unterrichtest du Toni, damit er das Team buchen kann. Wir nehmen die komplette Belegschaft aus Berlin, das ist billiger. Du brauchst nicht mit rauszufahren.«

»Schade. Ich wäre gern mal wieder in Berlin gewesen.«

»Mach lieber mit deiner Österreichnummer voran. Helga war eben bei mir und hat sich beklagt! Bis heute Abend hast du die Geschichte runtergeschrieben. Verstanden?!«

Sie legt auf. Diese verdammten Schlampen. Heute ist

einfach ein Scheißtag. Der neue Praktikant kommt rein und knallt mir wortlos die Post auf den Tisch. Er ist erst seit drei Wochen hier und hat sich schon perfekt akklimatisiert. Ein kleiner Stinkstiefel! Nur kein freundliches Wort zu viel sagen.

Widerwillig nehme ich den Hörer wieder in die Hand und rufe in Österreich an. Ich brauche den Arzt, aber seine Sekretärin blockt mich kühl ab. Er ist für mich nicht zu sprechen. Scheiße! Dann schreibe ich die Geschichte eben ohne Angaben der Klinik. Was waren die ersten Maßnahmen? Wie lange hat der Notarzt bis zum Unfallort gebraucht? Hat jemand die Forke aus dem Körper gezogen oder ist das Kind samt Mistgabel eingeliefert worden? Es hilft nichts. Ich brauche dringend noch ein paar Fakten. Die Einzigen, die mir helfen können, sind die Jungs vom Roten Kreuz. Schließlich waren sie bei der Erstversorgung dabei. Vorher aber rufe ich Frau Mader an, die Mutter des Jungen. Vielleicht kann sie sich noch an ein paar Details der Rettung erinnern. Nach dem zehnten Klingeln hebt endlich jemand ab.

»Ja, Mader, Grüß Gott.«

»Guten Tag, Frau Mader, Max Hausmann von *Happy End* hier, ich habe da noch ein paar Fragen zur Rettung. Haben Sie ein paar Minuten Zeit?«

»Ja, fragen Sie halt.«

Ich erkläre der Bäuerin, dass ich den Doktor noch nicht erreichen konnte.

»Ich glaube, der Arzt hat den Miststecken herausgebracht, oder, warten Sie, er hat den Stecken gesägt. Der Bub ist samt Gabel in die Klinik gefahren worden.« Dann erzählt sie mir die ganze Geschichte noch mal von Anfang an. Sie redet und redet. Ich muss tausendmal nachfragen, weil ich ihren Dialekt kaum verstehe. Nach zwanzig Minuten beende ich das Telefonat, da es mich nicht mehr weiterbringt. Ich werde mir das Einsatzprotokoll der Rettungskräfte faxen lassen.

Irgendwann ist es auch eine Frage der Ehre. Ich komme vom Fernsehen und lasse mich nicht einfach so abbügeln. Ich greife erneut zum Hörer. Ich will diesen verschissenen Arzt sprechen. Ich rufe direkt auf der Station an, vielleicht hab ich hier mehr Glück.

»Grüß Gott, ich hätte gern den Doktor gesprochen.«

»Worum geht es bitte?«, erkundigt sich die Stationsschwester.

»Es geht um die Filmaufnahmen mit ihm und dem Krankenhaus.«

»Warum rufen Sie eigentlich immer wieder an? Wir haben Ihnen doch eben noch ausrichten lassen, dass sich der Doktor erst nach einem persönlichen Gespräch vor Ort entscheiden will.«

Ich fingere aufgeregt an meinem Kugelschreiber herum. Vom Chefarzt bis zur Putzfrau scheint mich da jeder zu kennen. Persona non grata! Schwester Eulalia ist unerbittlich. Ich erkläre ihr mehrfach, dass ich meiner Chefin ein schriftliches Protokoll abliefern müsse.

Es nützt aber nichts, im Gegenteil, sie stellt die tödlichste alter denkbaren Fragen: »Haben Sie denn überhaupt eine schriftliche Einverständniserklärung der Eltern vorliegen, die uns von der ärztlichen Schweigepflicht entbindet?«

Die habe ich natürlich nicht, denn von einem Faxgerät auf dem Bergbauernhof kann ich nur träumen. Das war es wohl. Denn ehe die Maders das Fax beim Postamt abgeholt und zurückgeschickt haben, ist Weihnachten. Ich beende das Gespräch. Daran hätte ich echt früher denken müssen.

Ich hacke auf meiner Tastatur herum. Gleich muss ich eine fertige Story abliefern. Mit dem, was mir Frau Mader schon vor Wochen erzählt hat, gelingt mir wenigstens eine schöne Einleitung für mein blutiges Alpendrama.

Über die Auslandsauskunft besorge ich mir die Nummer der Rettungsleitstelle in Villach. Der Dienststellenleiter ist glücklicherweise ein Fan unseres Magazins. Er verspricht, die beiden ehrenamtlichen Sanitäter zu informieren und für die Dreharbeiten zwei Rettungswagen mit Equipment zur Verfügung zu stellen. Im Gegenzug drehen wir eine kleine Einstellung in der Leitstelle. Er darf im Film den Notruf entgegennehmen. Wir machen einen Besprechungstermin für Freitag aus.

Aus dem Einsatzprotokoll, das er mir faxt, geht leider auch nicht hervor, was der Notarzt und die Sanitäter vor Ort mit der Mistgabel gemacht haben. Zu allem Überfluss sind die Sanis vor morgen Mittag nicht zu erreichen. Sie arbeiten beide in einer Brotfabrik. Das gibt's doch nicht, also muss ich mich auf die Vermutungen des Dienststellenleiters verlassen, der glaubt, dass man Erwin Mader mit der Mistgabel weggeflogen habe. Ich telefoniere weiter, aber auch die Crew des Rettungshubschraubers ist heute nicht auf der Basis. Die Sekretärin weigert sich, mir die Handynummer des Piloten zu geben. Zum Glück habe ich seit heute die Drehgenehmigung des Ministeriums vorliegen. Die geplanten Luftaufnahmen sind abgesegnet. Sonst könnte ich völlig einpacken.

Während ich die Geschichte fertig schreibe, höre ich vom Flur her immer wieder Majas Lachen. Seitdem sie mir von ihren Plänen erzählt hat, hat sie ihre eigene Schweigepflicht aufgehoben. Begeistert redet sie mit Laura auf dem Flur über das Reisemagazin und dass sie, wenn sie die Stelle kriegt, endlich wieder in der Welt herumkommen würde. Bezahlter Urlaub das ganze Jahr. So viel gute Laune kann ich jetzt nicht ertragen. Ich rolle mit meinem Stuhl durchs Büro, bis ich die Tür zu fassen bekomme und schlage sie zu. Maja ist sich ihrer Sache sehr sicher. Wahrscheinlich hat sie den Job längst in der Tasche. Wenn sie auf dem Flur darüber redet, weiß es morgen das ganze Haus. In Majas Fall wird das die Vertragsverhandlungen eher begünstigen. Es wird ihren Marktwert steigern.

Es klingelt, Josef ist erneut am Apparat.

»Du, Max. Ich bin's noch mal. Ich hab ganz vergessen, dass Trine sich ebenfalls für dieses Wochenende bei uns angesagt hat. Ich denke, es ist besser, du weißt das. Ich freu mich trotzdem, wenn du kommst, aber besprich das bitte vorher mit Trine. Nach all dem, was zwischen euch war, ist es wohl besser, du bereitest sie auf dein Kommen vor.«

Ich verspreche Josef, ihm rechtzeitig Bescheid zu geben. Mein Gott, Trine! Meine verrückte Norwegerin ist wieder im Land. Wie sehr war ich in diese Frau verknallt! Knapp vor einem Jahr habe ich sie bei den Dreharbeiten für die Wintermoderation kennen gelernt. Josef hatte sie an uns vermittelt, da wir dringend jemanden brauchten, der sich an Ort und Stelle auskannte. Trine wohnte eine Zeit lang bei Josef, weil sie als freie Redakteurin eine Story über die norwegische Skinationalmannschaft schrieb. Als die Serie fertig war, blieb sie einfach und hat sich als Locationscout durchgeschlagen. Vom ersten Moment an fühlte ich mich zu ihr hingezogen. Groß, glatte, blonde Haare, und auch ein Gesicht wie Claudia Schiffer. Es kam, wie ich es erhofft hatte. Fünf Tage voller Seligkeit, nur von Nadjas Anrufen unterbrochen, die mich jedes Mal in eine Welt zurückrissen, in der ich nicht mehr sein wollte. Bei Trine hatte ich mich vollkommen fallengelassen. Wir redeten von Seelenverwandtschaft und all diesem Zeug.

Unsere Zeit war viel zu schnell um. Ich musste wieder zurück. Meine neue Liebe raubte mir fast den Verstand. Ich wollte sie vergessen, aber es ging nicht. Sollte ich mit Nadja Schluss machen? Was würde Jonas dazu sagen? Nadja merkte die Veränderung, verlor aber ganz gegen ihre Gewohnheit kein Wort darüber. Sie kämpfte um meine Liebe. Ich stand zwischen den Fronten und kam damit nicht klar.

Irgendwann servierte ich Trine eiskalt ab. Wir hatten uns für ein Wochenende in Österreich verabredet, und ohne mich zu melden, ließ ich sie in einem Hotel in der Nähe von Innsbruck einfach sitzen. Wenn sie anrief, musste Maja mich verleugnen, und ihre E-Mails habe ich ohne Kommentar zurückgeschickt. Manchmal glaube ich, dass ich mit dieser Entscheidung die großen Gefühle endgültig begraben habe.

Und jetzt? Soll ich sie anrufen? Quatsch, warum sollte sie mich sehen wollen?

Am Telefon ist die Blondine, die mich gestern Abend auf dem Parkplatz angesprochen hat. Ich nenne ihr die Nummer des Kameramanns und erkläre ihr, welches Equipment der Kameraassistent besorgen soll. Am Ende verabreden wir uns zum Mittagessen. Was für eine scharfe Telefonstimme. Nur nicht weiter denken. Schluss jetzt! Schreib die Geschichte zu Ende, Kerl. Helga sitzt dir im Nacken. Ich schaue auf die Uhr. Schon so spät? Wie aufgedreht rotze ich die Story runter.

Danach beginne ich sofort mit den Recherchen, zu denen mich Helga genötigt hat. Zwei der fünf Geschichten sind Ausschuss, kompletter Müll. Die Leute wollen partout nicht mitmachen. Und ich habe auch keine Lust, sie mit allen Mitteln zu überzeugen.

Pünktlich um zwölf Uhr steht Werner vor mir. Er ist unrasiert und seine Wampe hängt ihm schlaff über den Gürtel.

»He, Alter, lass den Griffel fallen. Es ist Mittagspause.«

»Jetzt noch nicht. Aber ich komme gleich nach.«

Im Rausgehen fragt Werner, ob ich die Geschichte mit der Mistforke schon fertig geschrieben habe. Er ist Aufnahmeleiter der Österreichnummer.

»Die Storyline steht soweit, aber es kann sein, dass der Notarzt zickt. Wir müssen mit dem was saufen gehen. Am Telefon war da nichts zu machen. Sag Diego bitte kein Sterbenswörtchen davon, sonst rennt das Arschgesicht zu Helga und quatscht alles aus.«

»Hast mal wieder schlampig gearbeitet! Tut mir Leid, aber darüber muss ich mit Olga reden!«

Ich spüre, wie die Angst in mir hochsteigt. Werner schaut mich ernst an, und setzt dann zu einem breiten Grinsen an: »Das war ein Witz, Max. Komm wieder zu dir!«

Der alte Stasi-Gangster, er weiß genau, wie man mich in die Enge treiben kann. Ein Scherz! Na, hoffentlich war es kein Fehler von mir, ihn einzuweihen.

Während ich weiter tippe, meldet mein Rechner den Eingang einer neuen E-Mail. Ich starte den Browser, und lade mir die Mail auf den Rechner: trine.wrote@fun-com.no. Mein Blutdruck steigt.

Auf Beziehungsmüll habe ich jetzt überhaupt keine Lust, aber natürlich will ich wissen, was sie mir schreibt:

Ich schicke dir diese Nachricht, weil ich soeben erfahren habe, dass du am Samstag nach Tirol kommen willst. Ich habe meinen Flug schon gebucht und freue mich seit langem auf diese Reise. Doch jetzt ist mir nicht mehr wohl bei dem Gedanken. Ich kann dir nicht verbieten, nach Tirol zu kommen, aber dann erwarte ich von dir, dass du mir einiges erklärst. Trine

Wie gebannt starre ich auf den blinkenden Cursor. Mein Kopf glüht. Was soll ich ihr jetzt schreiben? Mir fällt nichts ein. Ich lade Alice in Wonderland in meinen Rechner: *Somewhere over the rainbow.* Dazu schreibe ich:

Hy, Trine, ich habe gerade deine Mail bekommen. Was geschehen ist, kann ich nicht mehr ändern. Es tut mir so Leid. Das Lied ist für dich. Ich weiß, es gefällt dir! Max

Ich hänge die Sounddatei an den Text und drücke auf SENDEN. Hoffentlich kann Trine damit etwas anfangen.

Auf dem Weg zur Kantine treffe ich Jens. »Komm Junge, lass uns mal was essen gehen.«

Jens erzählt mir, was er jetzt alles machen will. »Weißt du, Max, eigentlich bin ich ganz froh, dass ich hier bald raus bin. Alleine wäre ich nie gegangen. Viel Lust hatte ich ja wirklich nicht mehr. Ich glaube, ich fang wieder an zu studieren. Ist doch eine gute Idee, oder?«

Ich klopfe ihm zustimmend auf die Schulter. »Wir können ja mal ein Bierchen zusammen trinken gehen.«

An der Salatbar wartet schon meine Telefonverabredung. Ich schleiche mich von hinten an sie heran.

»Hy, weißt du eigentlich, dass du Pamela Anderson ähnlich siehst?«

»Ach, echt jetzt? Bevor oder nachdem sie sich die Brustimplantate hat herausoperieren lassen?«

»Weiß nicht«, antworte ich, »dein Pullover ist zu weit. Ich kann das so nicht gut sehen.« Ich starre prüfend auf ihre Brüste.

Sie macht ein Hohlkreuz, legt die Arme an und streckt mir ihre Möpse entgegen.

»Vorher«, sage ich lakonisch und klatsche mir einen Löffel Joghurt-Dressing auf den Salat.

»Vielleicht werde ich ja noch entdeckt, was meinst du?«

»Ja bin ich mir sicher. Reich doch der Casting-Abteilung mal ein paar Bilder von dir rein.«

»Nacktfotos?«

Sie fährt sich mit ihrer gepiercten Zunge über die Lippen und legt ihre Hand auf meine.

»Wie heißt du eigentlich?«

»Gabriele, aber du kannst Ela zu mir sagen.«

Wir suchen uns einen freien Tisch. Ela liest die Zuschauerpost für eine Show, die Menschen zusammenbringt, die sich entweder getrennt oder ineinander verliebt haben und ohne fremde Hilfe nichts auf die Reihe bekommen. Das Gespräch wird schnell langweilig. Trotzdem machen wir ein Date aus. Mittwoch abend zur Coconut-Party in der *Halle.*

Wieder in meinem Büro beginne ich mit der Zeitplanung für unsere Vorbesichtigung. Dann kommt ein Anruf:

»Hey, you, ride on.« Das darf doch nicht wahr sein. David ist am Telefon. »Ey, Max, ich bin für drei Monate in Köln. Lass uns mal treffen.«

David ruft von seinem Mobiltelefon aus an. Wir verabreden uns für Mittwoch abend im *Carpaccio,* einem kleinen italienischen Restaurant in der Innenstadt. Wenn ich mit dem ausgehe, dann landen wir anschließend todsicher in der *Halle.* Nadja werde ich nicht Bescheid geben. Die macht mir nur die gute Laune kaputt. David is back in town und will mich sehen. Ein gutes Gefühl.

Die Zusammenfassungen der fünf Recherchen gelingen im Handumdrehen, und ich singe leise den *Water Pistol Man* von den *Spearheads,* bis Maja ins Büro kommt und gleich darauf auch Franz hereinpoltert.

»Maja, für dich hat das Klinikum Bogenhausen angerufen. Es hörte sich nicht gut an, ich glaube, du kannst eine deiner Nummern wegwerfen.«

Maja runzelt die Stirn. »Wieso, was ist passiert?«

»Weiß ich nicht. Es war die Verwaltung. Sie können den Drehtermin nicht einhalten. Frag mich nicht, warum. Du sollst sie dringend zurückrufen.«

Müde lächelnd setzt sie sich hin. »Morgen ist auch noch ein Tag.«

»Seit wann bist du so relaxt, wenn eine deiner Geschichten stirbt?« Franz ist überrascht. »Normalerweise darf man dann doch an einer großen griechischen Tragödie teilnehmen.«

Franz weiß also noch nicht, dass sie gehen will. Von mir wird er es nicht erfahren.

Franz blättert in den Unterlagen, die er mitgebracht hat. »Ich habe noch einmal über die Redaktionskonferenz nachgedacht. Ich finde, Helga hat Recht, wir müssen spannendere Geschichten finden, so etwas wie deinen brennenden Mann. Leider gibt es kaum noch richtige Unfälle, bei all den Airbags, Rauchmeldern und Fahrradhelmen. Da müssen wir andere Kanäle anzapfen.« Er kommt näher. »Hier, ich habe eine interessante Internet-Adresse gefunden.«

Ich verziehe das Gesicht, da wir die Archive schon hundertmal durchsucht haben. Aber Franz besteht darauf. Ich sehe mir seine Sammlung an. Tatsächlich hat sich irgendein perverses Schwein die Mühe gemacht, sämtliche ultraharten Unfälle zu sammeln.

»Das ist ekelhaft, Franz, und vor allem: Es bringt uns nicht weiter. Für unser Magazin ist das viel zu heavy.«

»Ach Quatsch. Da ist sicher was dabei. Lass doch mal gucken.« Franz beugt sich über mich und greift nach der Maus, um nach weiteren Fällen zu scrollen. Ich drücke ihn beiseite und stelle den Rechner aus.

»Das ist doch Scheiße, Max.« Beleidigt setzt er sich wieder auf seinen Platz.

»Vertragt euch, Kinder! Ich gebe einen aus.« Maja macht einen völlig relaxten Eindruck. Sie ruft den Praktikanten an und schickt ihn Sekt zu kaufen.

Als hätten wir es nicht schon geahnt, läuft Helga beim ersten Gläschen an unserem Zimmer vorbei.

»Ach, schön, dass die Belegschaft Zeit für 'ne Party findet. Ich glaube, euch ist nicht klar, was zwischen uns und dem Programmdirektor abgeht.«

Helga setzt sich auf meinen Stuhl und legt noch mal richtig los: »Olga und Toni waren gestern Nachmittag beim Sender. Sie müssen die Sendung von kommendem Sonntag komplett umschneiden. Und damit fehlen uns jetzt Beiträge. Wir werden also zwei Geschichten auf die passende Länge runterschneiden, ihr wisst, was das bedeutet: Neu vertonen, und dafür braucht man bekannterweise neue Sprechertexte. Das heißt doppelter Arbeitsaufwand und doppelte Kosten, kurz: all das, was wir uns gerade jetzt nicht leisten können. Ab sofort fahrt ihr auf keine Motivbesichtigung mehr. Max hat in Österreich zum letzten Mal das Vergnügen. Ihr sitzt ab nächster Woche von neun bis achtzehn Uhr nur noch auf euren Ärschen hier am Schreibtisch. Ich persönlich will euch strampeln sehen. Ich will neue Geschichten. Wir brauchen mehr Emotionen und Action. Das wollen die Leute haben.«

Mit den ungläubig aufgerissenen, großen Augen eingeschüchterter Erstklässler verfolgen wir gespannt jedes Wort, das über ihre widerlichen Lippen sprudelt. Wem es bisher noch nicht klar war, der weiß spätestens jetzt, dass wir verdammt weit unten angekommen sind. Uns dürfen sie alle ficken. Helga hat alles gesagt, was nötig ist. Wir wissen Bescheid. Und auf Dauer killen die Helgas und Olgas und Jonas unsere Seelen. Weil keine

Geschichte, keine noch so scheinbar belanglose Textzeile überzeugend wirkt, wenn nicht zumindest ein Funken unserer Lebensenergie darin enthalten ist. Selbst das So-tun-als-ob geht an die Substanz. Wer hier im Job bleiben will, der muss Volldampf geben in diesem Irrenhaus. Oder er muss abhauen. Maja macht es richtig.

Als Helga endlich weg ist, fällt mir ein, dass ich völlig vergessen habe, in Berlin anzurufen.

Es ist kurz nach sechs, als ich Helga die Story auf den Tisch lege. Sie unterbricht ihr Telefongespräch.

»Gehst du schon nach Hause?«

»Ja, es ist sechs Uhr. Außerdem bin ich verabredet.«

»Und, mit dem Notarzt alles klar?«

Wie peinlich, ich werde rot. »Ja, wieso? Hab ich doch schon alles in der Konferenz erzählt.«

Sie lächelt und öffnet eine neue Schachtel Zigaretten. »Deine Recherchen sind in letzter Zeit nicht mehr so genau. Außerdem waren Kliniken noch nie deine Stärke.« Ich nicke stumm wie ein Diener.

»Tut mir Leid, Max. Ich muss jetzt weiter telefonieren. Genieß den Abend.«

Ich folge dem Befehl zum Rückzug.

Verdammt, was meint sie mit »Genieß den Abend«?

Ist das schon mein letzter Abend hier? Hoffentlich hat Werner seine verdammte Fresse gehalten.

Auf dem Weg nach Hause hatte ich bei meiner Dönerbude an. Ich erzähle dem Chef, dass mir gestern schlecht geworden ist. Erkan, der Sohn des Hauses, gibt mir daraufhin einen schwarzen Tee aus. Der Alte schenkt mir einen Döner. Hoffentlich geht das diesmal gut. Wir kommen ins Plaudern, und ich trinke mit Erkan noch einen zweiten Tee. Nur keine Hektik, das Spiel der Bayern fängt erst in einer Stunde an.

In meiner Wohnung türmen sich auf achtzig Quadratmetern die Wäscheberge. Ist jetzt auch egal. Zu allererst muss ich auf Normalpegel runterkommen. Zwanzig Minuten Schlaf werden mir ganz gut tun.

Das Telefon weckt mich auf, es ist Ramon: »Wo bist du Penner eigentlich? Der Jancker hat gerade das erste Tor geschossen.«

»Jancker, du super cooler Typ!«, schreie ich in den Hörer. Das Spiel läuft schon seit fünfzehn Minuten. Verdammter Mist, ich muss so schnell wie möglich los.

Ich schaffe es pünktlich zur zweiten Halbzeit. Bayern gewinnt, und der beschissene Dienstag ist gerettet.

In der Kneipe bestelle ich zwei große Gläser Fernet Branca. Stundenlang sitzen Ramon und ich noch zusammen. Der Kellner bringt ein Kölsch nach dem anderen. Ramon beichtet mir, dass er mit seiner Freundin Nadine zusammenziehen wird. »Warum nicht?«, sage ich schließlich.

Um zwei Uhr nachts stolpere ich aus der Kneipe. Ramon nimmt sich ein Taxi und ich falle völlig breit in meinen Golf. Ich will noch nicht nach Hause, ich habe Angst vor morgen. Komplett benebelt steuere ich mein Auto durch die leeren Straßen Kölns. Ich brauche was zu essen. Um diese Uhrzeit tut es auch ein Burger vom Imbiss. Das Neonlicht blendet.

»Macht fünf Mark. Hallo du da, nix pennen hier, zahlen und dann gehen.« Ich krame ein paar Münzen aus meiner Hosentasche, lege sie hin und torkel hinaus. Ein kalter Wind fegt durch die Straßen. Der Chili brennt auf meinen aufgesprungenen Lippen, und das Fett tropft bei fast jedem Bissen auf meine Jacke. Plötzlich wird mir klar, dass ich ziemlich allein bin. Ich muss Trine anrufen, unbedingt und jetzt, egal wie spät es ist.

Es klingelt ewig lange, dann hebt sie endlich ab: »Ja?«

Ich bin so erschrocken, dass ich kein Wort herausbekomme. Ich sage nichts.

»Hallo, wer ist denn da? Hallo!«

Sie legt auf. Genervt schmeiße ich den Burger auf den Gehweg. »Scheiße, wie kann einer nur so blöd sein wie ich.«

Eine alte Frau im Morgenmantel schaut aus dem Fenster. Sie beobachtet mich.

Ich bin total blau und hundemüde, aber anscheinend brauche ich noch einen finalen Crashtest. Ich drücke die Wahlwiederholung.

Trine hebt wieder ab.

»Hy, Trine, ich bin's, Max. Ich weiß, es ist ziemlich spät, aber ich wollte dir sagen, dass mich deine Mail gefreut hat.« Ich setze mich auf eine kleine Mauer.

»Du hast doch einen Knall, oder? Weißt du eigentlich, wie spät es ist? Ruf morgen wieder an, nur lass mich jetzt schlafen, o.k.?«

»Nein, nicht o.k. Ich will jetzt mit dir reden!«

»Max, was willst du von mir? Nach einem Jahr rufst du mich mitten in der Nacht an, und dann bist du auch noch stinkbesoffen.«

Ich stehe auf und laufe den Gehweg auf und ab.

»Max, bist du noch dran?«

»Ja. Bist du sehr sauer, wenn ich am Samstag nach Tirol komme?«

»Ich habe keine Ahnung, was ich davon halten soll. Meinetwegen komm vorbei. Aber lass dir was einfallen, sonst kannst du mir gestohlen bleiben.«

»Cool, Trine. Genau, lass uns reden. Wir besprechen alles. Toll, ich freue mich total.«

»Hast du Drogen genommen?«

»Nein, ich bin glücklich!«

»Du bist ein Spinner.«

Sie beendet das Gespräch.

Ich setze mich wieder und beobachte einen Hund, der die Reste meines Burgers auffrisst.

Zum Glück begegnen mir auf dem Heimweg keine Bullen. Mittlerweile ist es vier Uhr früh und mir ist kotzübel. Ich will nicht schlafen, denn ich weiß, in ein paar Stunden wird Carsten Jancker das einzig Positive in meinem Leben sein.

MITTWOCH

Um zehn Uhr ist die komplette Redaktion im Konferenzraum versammelt. Ich halte eine abgesägte Pumpgun in der Hand und schieße in die Luft. Mörtelstaub rieselt auf den Konferenztisch.

»Werner, hast du mich verraten?« Er wimmert kläglich und leise vor sich hin.

»Werner, du Arschloch, hast du mich verraten, oder war es der Argentinier?« Diego zuckt zusammen.

Helga mischt sich stotternd ein. Als ich ihr das Gewehr an den Kopf halte, ist sie wieder zahm wie eine Maus.

»So geht das nicht weiter. Diego und Werner, kniet euch sofort auf den Boden!« Diego fleht mich an, ich solle damit aufhören.

»Ich will wissen, wer mich verraten hat!«

Keiner der beiden sagt einen Ton. »O.k., dann soll eine Münze entscheiden.«

In Zeitlupe landet sie auf dem Boden. Zahl!

»Schlimme Sache, Diego, tut mir Leid.« Ich drücke ihm die Pumpgun in den Nacken. Ich lade durch, und dann höre ich meinen Schrei. Ich sitze aufrecht im Bett. Was für ein Traum!

Ich stehe auf und gehe in die Küche. Auf dem Tisch steht noch eine halbe Dose Bier. Ich probiere einen Schluck davon. O Gott, geht's mir beschissen! Minutenlang stehe ich unter der Dusche. Heute werde ich mindestens eine Stunde zu spät in die Redaktion kommen. Aber in meinem Zustand mache ich mir keine Gedanken über mögliche Folgen. Ich starre auf die weißen Fliesen. Wie soll ich nur diesen Tag überstehen, ganz zu schweigen vom Abend? David will bestimmt gigantisch Gas geben.

Um halb elf sitze ich schließlich an meinem Schreibtisch in der Redaktion. Ich habe Glück, Helga saß in einem Megastau auf der Autobahn fest und kommt sogar noch zehn Minuten nach mir an. Olga ist seit acht Uhr im Studio und schneidet mit dem Cutter die Sendung für Sonntag. Außer den Kollegen weiß also niemand, dass ich mich verspätet habe. Auf meinem Schreibtisch liegen tausend Rückrufnummern.

Ich lese gerade meine E-Mails, als mich Werner anruft. »Bring mir mal die Geschichte und die Kontaktliste der Beteiligten rüber. Ich will die Dispo fertig machen.«

»Ja, in fünf Minuten! Übrigens: Hast du gestern noch mit Helga über die Motivbesichtigung gesprochen?«

»Nein. Mit der Alten rede ich nur, wenn's unbedingt sein muss. Wie kommst du darauf?«

»Nur so, ich dachte, sie hätte dich irgendwas gefragt.«

»Mach dir nicht ins Hemd! Wir kriegen den dusseligen Notarzt schon. Wäre ja nicht das erste Mal.«

»Hoffentlich!«

Als Nächsten habe ich Diego in der Leitung: »Hallo, Max, wie geht es dir?«

»Außer ein paar Kopfschmerzen ganz gut, Diego.«

Ich erzähle ihm, dass Geoffrey schon ein paar Ideen für den Stunt mit der Mistforke hat. Gequält stöhnt Diego in den Hörer. Er ist sehr stolz auf seine Vergangenheit beim Film und hasst es, wenn ihm Geoffrey in die Arbeit hineinredet.

Auf jeder Reise erzählt Diego eine Geschichte von seinem Oberhelden Klaus Kinski. Bei den Dreharbeiten zu *Fitzcarraldo* (oder war es in *Cobra Verde?*) sollte Kinski in irgendeinem Dschungel am anderen Ende der Welt in ein Büro marschieren und seinen Sold als Tagelöhner abholen. Die dabei eingeplante Rangelei wurde x-mal wiederholt, bis Kinski ernst machte und eine wilde Schlägerei anfing, bei der richtig Blut floss. Als sich alle wieder beruhigt hatten, sagte Kinski nur: »Well done, muchas gracias.« Seine eigenen Verletzungen am Kopf interessierten ihn nicht im geringsten. Hauptsache, die Szene war im Kasten. Das ist eine von Diegos besten Geschichten. Welchen Part er bei diesem Film spielte, habe ich leider nie erfahren.

Diego, der Schleimer, verspricht mir, meine Story zu lesen und mich am Nachmittag noch mal anzurufen. »Ich freue mich so auf unsere gemeinsame Motivbesichtigung, Max. Bei dir habe ich immer ein gutes Gefühl. Wir machen daraus einen tollen Film.«

Acht Stunden mit dem Idioten in einem Auto. Andauernd muss er pissen, und rauchen darf man nur bei geöffnetem Fenster. Diego scheint noch nichts von den Problemen mit dem Notarzt zu wissen. Ich werde ihn erst auf der Fahrt einweihen.

Dann ereignet sich der Super-GAU: Steffan ruft an und unterrichtet mich über den Zustand des Kranführers. Er ist in der Nacht kollabiert und liegt seitdem im Koma.

»Was soll das heißen? Können wir nicht mehr mit ihm drehen? Mein Produktionsleiter plant schon das Team!«

»Bist du noch zu retten? Der Mann stirbt vielleicht. An Dreharbeiten ist überhaupt nicht mehr zu denken!«

»Mein Gott, Scheiße! Bitte, lass mich nicht im Stich. Vielleicht geht es ihm ja später besser. Der kann doch nicht einfach so sterben!«

»Max! Ich muss jetzt los. Ich rufe später noch mal an.

Und mach dir keine großen Hoffnungen. Ich werde euer Vorhaben unter keinen Umständen mehr unterstützen.«

»Und der Klinikdirektor? Sieht der das genauso?«

»Lass es gut sein, Max!«

Er legt auf. Wie kann dieser Kranführer einfach kollabieren? Das war mein Pluspunkt bei Olga. Ich gehe rüber zu Helga.

»Wann kommt Olga aus dem Studio zurück?«

»Warum? Hast du ein Problem?«

»Vielleicht. Dem Kranführer geht es nicht so gut!«

»Was heißt ›nicht so gut‹?«

»Er ist diese Nacht kollabiert!«

»Das darf doch nicht wahr sein, Max! Wie kann denn so etwas passieren? Der war doch schon wieder ansprechbar!«

»Ich weiß es doch auch nicht. Ich bin kein Arzt.«

»Na ja. Ich habe es mir fast gedacht. Schnellschüsse hast du noch nie gut hinbekommen. Wenigstens ist die Österreichnummer fertig. Wir beraten uns gleich gemeinsam mit Olga. Ich denke, dass sie in einer Stunde zurück sein wird. Hast du die Zuschauerpost beantwortet?«

»Ein paar Briefe. Die ersten Kopien liegen im Ordner.«

Ich bin aufgeregt und laufe durch die Redaktionsräume. Vielleicht überlebt der Mann ja doch. Immer wieder hört man von solchen Wunderheilungen.

Wenige Minuten später weiß ich es besser.

»Tut mir Leid, Max. Der Patient ist gerade gestorben. Wir haben alles versucht.«

»Ja, verstehe.«

»Und tu mir einen Gefallen, Max: Ruf mich nie wieder an.«

Ich wähle erneut Helgas Nummer.

»Er ist gerade gestorben.«

Ohne auf ihre Antwort zu warten, beende ich das Gespräch.

Fuck, die Geschichte in Österreich bekommt gerade eine ganz neue, unerwartete Dimension. Ich versuche, mich zu konzentrieren. Nur nicht panisch werden. Ich stimme mit den Beteiligten die Termine für die Besichtigung ab. Werner braucht die Daten für seine Dispo. Nach einer halben Stunde bin ich fertig. Olga müsste jeden Moment zurück sein. Ich bin nervös. Wie paralysiert glotze ich auf den Bildschirmschoner des Monitors. Das Motiv verschwimmt vor meinen Augen. Dann wird die Tür aufgerissen; Olga kommt: »Sofort in mein Büro!«

Helga sitzt bereits in Olgas Zimmer und raucht genüsslich eine Zigarette. Ich setze mich neben sie. Olga legt sofort los: »Scheiße! Verdammte Scheiße. Du hast doch gesagt, dass er ganz gut drauf ist. Warum ist er dann jetzt tot? Das passt nicht. Hast du gelogen?«

»Nein. Ich habe dir gesagt, dass er ansprechbar ist. Die Klinik hatte ohnehin größte Bedenken, das Interview zu drehen.«

»Die blöden Weißkittel sind mir, ehrlich gesagt, vollkommen wurscht.«

»Was hättest du gemacht, wenn der Mann in ein paar Wochen gestorben wäre?«, will ich von ihr wissen.

»Was mit dem nach der Ausstrahlung geschieht, ist unerheblich.« Helga gibt ihr Recht.

»Das haben wir damals mit Opa Stachelbeer auch so gemacht. Weißt du noch, Olga? Der war taub und ist ohnmächtig in einen Stachelbeerbusch gefallen. Alle haben den Opa gesucht. Erst nach drei Tagen hat ihn ein Spürhund gefunden. Kurz nach dem Sendetermin ist er gestorben.«

»Ja, verdammt, ich weiß.«

Olga kann Misserfolge nicht ertragen. Übellaunig beginnt sie damit, Unterlagenstapel von einer Ecke in die nächste zu schieben. Das ist ihre Art zu signalisieren, dass man absolut versagt hat. Ich stehe auf.

»Moment, Max! Was ist mit dem Sprechertext für die Feuerwehrgeschichte, um den ich dich schon letzte Woche gebeten habe? Fertig? Du weißt, dass ich heute Abend Sprachaufnahme habe!«

»Ich muss die Länge der einzelnen Takes noch checken.«

Olgas Lippen sind plötzlich ganz blass und schmal. Ihre Stimme vibriert. »Dann aber dalli. Los jetzt! Um Punkt vier Uhr liegt der Text auf meinem Tisch, ist das klar?«

Alles ist glasklar, wie ein geprügelter Hund trolle ich mich davon. Raus, nur raus hier. Um mir Luft zu verschaffen, renne ich einmal um den Häuserblock, ich renne, so schnell ich kann! Völlig verschwitzt setze ich mich danach an den Sprechertext. Maja hilft mir. Sie stoppt die Zeiten der einzelnen Sätze und tippt den Text in meinen Rechner.

Ich gehe zu Werner ins Büro. Er hockt vor seinem Computer. »Wann fahren wir morgen früh los?«

»Nicht vor acht. Wir treffen uns bei mir und trinken noch einen Kaffee zusammen. Haben wir morgen noch einen Termin?«

»Klar! Wir treffen morgen Abend den Notarzt, damit wir am Freitag die Klinik besichtigen können. Anschließend laufen wir zu Fuß zum Roten Kreuz. Die Leitstelle ist direkt neben der Klinik. Dort sehen wir alle, die an der Rettung beteiligt waren. Freitag mittag, gegen zwölf Uhr fahren wir zu dem Bauernhof der Maders. Die Helicrew brauchen wir nicht. Mit denen ist schon alles abgeklärt. Ich hab dir alles rübergemailt, damit du die Dispo fertig machen kannst. Helga hat schon danach gefragt.«

»Die soll sich nicht so anstellen. Ich guck mir das gleich mal an. Was ist eigentlich mit der Berlinnummer?«

»Der Typ ist tot.«

»Ist wohl nicht deine Woche.« Er wendet den Blick vom Bildschirm und schaut mich an. »Wie siehst du überhaupt aus, Max? Hast du heute schon in den Spiegel geguckt? Warst du wieder saufen, oder was?«

Ich zucke kurz mit den Schultern, und er wendet sich wieder seinem Computerspiel zu. Ich bleibe neben ihm stehen.

»Was gibt's denn noch? Ich bin gerade dabei, meinen Highscore zu verbessern.«

»Hör mal, Werner, hast du nicht Lust, einen Abstecher nach Tirol zu machen? Wir sind da zu einem Bergretterball eingeladen!«

»Sonst noch was? Weißt du, wie weit das ist? Ich fahre doch nicht fünfhundert Kilometer durch die Alpen, um auf einen Bergretterball zu gehen. Du bist ja bekloppt. Oder wartet da eine Frau auf dich? Du hast doch eine Freundin, was willst du denn mit zwei Vatten?«

»So ein Schwachsinn. Ich kenne da keine Frau. Außerdem bin ich mit meiner Freundin mindestens so glücklich wie du mit deiner!« Genervt verzieht Werner das Gesicht.

Ich hole mir in der Küche einen Kaffee. Dann gehe ich zurück in mein Büro. Ich muss Nadja mal anrufen, bevor ich mit der ganzen Recherche weitermache. Ich wähle ihre Nummer. Sie hebt ab.

»Hy, ich bin's, Max.«

»Warum hast du gestern nicht mehr angerufen? Ich habe bis zwölf Uhr gewartet.«

»Meine Güte, lass doch mal diese Vorwürfe! Du weißt doch, dass ich mit Ramon unterwegs war.«

»Ich warte den ganzen Abend, und du kommst schon wieder nicht! Du rufst mich nicht einmal an! Bin ich dir so scheißegal? Meinst du, ich habe mir mein Leben so vorgestellt? Du merkst ja gar nicht mehr, wie du mich behandelst.«

»Schrei mich nicht an, Nadja. Ich habe gesagt, dass ich vielleicht nach dem Fußballspiel noch bei dir vorbeikomme, aber versprochen habe ich gar nichts!«

»Du bist ein großes herzloses Arschloch. Wie's mir dabei geht, ist dir völlig egal. Am liebsten würdest du dich klammheimlich zu diesem Job nach Österreich verpissen, hab ich Recht?«

»Genau, ich bin heute Abend mit David verabredet, und morgen um sechs muss ich los. Wir sollten uns danach mal unterhalten.«

Nadja sagt nichts mehr. Für einen Moment lang herrscht eisiges Schweigen, dann legt sie Gott sei Dank auf.

Ich behalte den Hörer in der Hand. War's das? War das das Ende? Ich gehe auf die Toilette und werfe mir literweise eiskaltes Wasser ins Gesicht. Meine Laune ist tief unter Null angelangt.

Die letzte halbe Stunde vor der Mittagspause verbringe ich mit dem Schreiben von Faxen, Anträgen für Drehgenehmigungen und der Beantwortung von Zuschauerpost. Maja macht bei dieser ätzendsten Arbeit unseres Jobs mit. Hoffentlich wollen die Zuschauer nur Autogramme von Silberlocke. Blöde Fachsimpeleien, Einwände, Anregungen, Meinungen, Lob, das hätte mir jetzt gerade noch gefehlt. Einmal hatte ich so einen Psychopathen dabei, der mir immer wieder Fotos von seinen Verletzungen geschickt hat. Der hat tatsächlich geglaubt, dass ich mich für seine Probleme interessieren würde.

Immer wieder stört uns das Telefon. Viele wollen nur ein Sendetape, da sie ihren Videorecorder falsch programmiert haben, die meisten aber möchten King Silberlocke persönlich kennen lernen. Bin ich der Weihnachtsmann?

Ich leere meine zweite Packung Rennie in dieser Woche und stelle mein Telefon auf die Zentrale um. Die Kollegen wollen essen gehen. Hunger habe ich zwar nicht, aber trotzdem schleppe ich mich wie jeden Tag rüber in die Kantine. Den Freigang lasse ich mir nicht nehmen.

Der Gurkensalat schmeckt wie üblich. Franz sitzt mir gegenüber und verschlingt eine Currywurst.

»Komm, Franz. Erzähl mir eine lustige Geschichte. Ich brauche positive Unterhaltung.«

Er rückt seine Brille zurecht.

»Eine lustige Geschichte? Hm. Kennst du noch Martin Gradel, der vor ein paar Jahren erster Aufnahmeleiter bei *In letzter Sekunde* war?«

»Nein, wieso?«

»Gestern ist er in die Psychiatrie eingeliefert worden.«

»Erzähl keinen Quatsch!«

»Ist aber so, Tatsache. Vor lauter Angst, einen Anruf zu verpassen, wollte er nicht mehr das Büro verlassen. Er war für die Setkoordination von *Only you* verantwortlich. Die produzierten zwei Sendungen pro Woche, und laufend verschoben sich Termine. Der Typ stand unter Dauerstrom. Achtzehn Stunden am Tag und seit zwanzig Jahren dabei, achtundvierzig Jahre alt, und sie tragen ihn mit drei Leuten aus dem Büro. Er hatte sich mit einem Fahrradschloss an seinen Bürostuhl gekettet.«

Ich schiebe den Gurkensalat weit von mir weg und gehe allein zurück ins Büro.

Auf dem Flur begegnet mir Helga. Sie will mich sofort sprechen. Was ist denn jetzt schon wieder los, hört das denn nie auf? Ich weiß nur, dass es nichts Gutes bedeutet. Allmählich geht mir die Sache an die Physis, wenn es so weitergeht, kriege ich noch einen Herzkasper. Meine Reserven sind bald aufgebraucht. Bleich betrete ich ihr Büro.

»Na dann, schieß los!« Auffordernd rückt sie näher.

»Womit?«, will ich wissen. Ich weiß wirklich nicht, was sie meint.

»Der Notarzt macht Zicken, habe ich gehört.«

Meine Angst ist auf einmal wie weggeblasen, und rasende Wut schießt wie eine Fontäne in mir hoch.

»Wer sagt das?«

»Das tut nichts zur Sache. Du hast mich angelogen, stimmt's?«

Jetzt platzt mir der Kragen. »He, was soll das, mich so anzumachen wie einen dummen Schuljungen? Du suchst doch nur nach einem Grund, um mich rauszuschmeißen. Seit Tagen geht das schon so. Denkst du, ich bin blöd, ich würde das nicht merken?«

Helga sitzt regungslos da. Sie fixiert mich still. Ich starre ihr entgegen. Nur nicht auf den Boden gucken. Das käme einem Geständnis gleich.

»Wenn dieser Dreh platzt, Max, dann kannst du wirklich einpacken! Da hast du Recht. Vielleicht können Olga und ich den Arzt überreden. Hier geht es nicht nur um dich. Dieser Beitrag ist für uns alle verdammt wichtig! Sag mir die Wahrheit.«

Ich weiß nicht, was ich tun soll. Vielleicht ist das eine Falle? Wenn ich jetzt die Wahrheit sage, dann ist heute unter Umständen mein letzter Tag. Wenn ich lüge, auch. Vielleicht hat sie sogar im Krankenhaus angerufen. Die Telefonnummer hat sie ja. Mein Gehirn rattert wie verrückt. Zum tausendstenmal: Wer hat ihr den Tip mit dem Notarzt gegeben? War es Werner, oder weiß Diego doch etwas? Wer ist zu ihr gelaufen und macht mir alles kaputt? Wenn ich erst mal in Österreich bin, dann kriege ich den Doktor schon irgendwie rum.

»Was ist los, Max! Wie lautet die Antwort?« Ich sage ihr, dass das Krankenhaus Zicken macht, dass ich aber trotzdem alles unter Kontrolle habe. Meine Hände zittern wie verrückt. Ich stecke sie in die Hosentasche. Scheiße, was ist mit mir los?

Helgas Blick bleibt skeptisch. Ihr Telefon klingelt. Ich muss warten und gehe im Raum auf und ab. Ich kann nicht mehr stillsitzen.

Fünf Minuten später legt sie auf. Wie unter einer dumpfen Glocke höre ich ihr monotones, sich wiederholendes Geschwätz über die Sendeplanung, den Vorlauf, die Sprechertexte. Warum nur lasse ich mich Tag für Tag von den Idioten hier erniedrigen? Nie im Leben hätte ich es für möglich gehalten, dass ich eine so miese und feige Figur abgeben könnte.

Ich kann erst mal gehen.

Ich will nur noch weg. In einer Stunde haue ich ab. Und egal, ob Trine mich sehen will oder nicht, ich werde unter allen Umständen zu diesem Bergretterball fahren. Meine Nerven liegen blank. Ich brauche Ablenkung.

Auf dem Gang begegnet mir Laura. Ich nehme sie in den Arm. Franz kommt hektisch mit ein paar Faxen aus seinem Büro gestürzt. »Hi, ha, ho. Ein verliebtes Ehepaar. Hi, ha, ho.«

»Halt doch ganz einfach dein Maul, Franz.«

Ich gebe Laura ein Küsschen und lege Helga die Zusammenfassungen der Recherchen auf den Tisch. Sie telefoniert wie immer. In zweieinhalb Stunden bin ich mit David verabredet. Er wird mich auf andere Gedanken bringen. Ich freue mich auf ihn. David wird mit Sicherheit wieder wie aus dem Ei gepellt aussehen. Er wird den neusten Geniestreich von Helmut Lang tragen oder Klamotten von einem hippen Londoner Designer, von dem ich vermutlich nicht einmal den Namen kennen werde. Früher trug er dazu schwarze, ausgetretene Boots. Die hatte er stets und ständig an. Sie seien Ausdruck seiner Individualität, hat er mir einmal gesagt.

Ich gehe noch mal zu meinem Schreibtisch zurück.

Maja schaut mich beunruhigt an. »Was hast du eigentlich mit Helga gemacht? Die ist ja auf 180. Außerdem will sie dich noch mal sprechen. Sie hat gerade angerufen. Was habt ihr beiden denn heute miteinander?«

Während sie das sagt, spielt sie mit ihrem Lippenstift herum.

»Ich habe ihr gesagt, dass sie mir auf den Zeiger geht. Das wurde mal Zeit!«

»Bist du wahnsinnig, Mäxchen! Die verlängern doch niemals deinen Vertrag, wenn du solche Stunts bringst.«

»Und was soll ich jetzt machen, deiner werten Meinung nach? Mich bei ihr entschuldigen? Morgen geht's nach Österreich. Vielleicht rufe ich sie von dort mal an. Du bist sowieso bald weg, also spar dir deine guten Ratschläge.«

Maja zuckt nur mit den Schultern.

Helga kommt herein.

»Ich will mit dir über deine Storyline reden. Dein Intro gefällt mir nicht!«

Fast eine Stunde sitzen wir zusammen. An allem hat sie etwas auszusetzen. Zynisch liest sie immer wieder einzelne Sätze vor: »Wenn es einen Gott gibt, dann hat er am 25. Juli 1998 Überstunden gemacht. Ganz Österreich glaubt wieder an Wunder. Was als harmloses Kinderspiel begann, endete beinahe in einer Tragödie ...« Sie schüttelt sich vor Lachen.

»Was hast du plötzlich gegen meinen Stil, Helga? So oder ähnlich schreibe ich sie doch immer.«

»Deine Groschenroman-Poesie kannst du für dich behalten. Hier geht es um Fakten. Wer, was, wann, wo, wie und so weiter. Das soll keine künstlerische Arbeit werden, sondern lediglich ein Arbeitspapier für den Regisseur. Bevor du heute die Redaktion verlässt, änderst du das!«

Helga und ich sind im Krieg. Wortlos nehme ich die

Kopien an mich und verlasse ihr Büro. Innerhalb von zwanzig Minuten habe ich alles geändert. Wieder gehe ich in ihr Büro. Ohne Worte lege ich ihr die korrigierte Fassung auf den Schreibtisch.

»Na, also. Geht doch.«

Wieder in meinem Büro werfe ich den Metallmülleimer an die Wand. Maja schreit erschrocken auf. Ich packe meine Sachen und stürme raus. Maja ruft mir noch etwas hinterher, ich verstehe es nicht. Auf dem Flur renne ich beinahe Susanne über den Haufen. Der Kaffee aus dem Becher in ihrer Hand schwappt ihr übers T-Shirt. Ohne mich zu entschuldigen laufe ich weiter. Raus aus diesem Puff. Raus aus der Kaserne. Raus aus dem Zwinger. Raus hier.

Auf dem Weg nach Hause schalte ich mein Handy an. Ich habe zwei Nachrichten auf der Mailbox. Eine von David, der das Date um eine Stunde nach hinten verschiebt, was mir äußerst recht ist. Die zweite Nachricht ist von Trine. Sie hat sich über das Lied gefreut. Ich rufe nicht zurück. Morgen ist immer noch Zeit dazu.

In meiner Küche knarrt das Laminat unter meinen Füßen. Ich setze mich auf meine alte Küchenbank und öffne eine Dose Frühkölsch. Für einige Augenblicke schließe ich die Augen. Abhängen, das tut jetzt gut. Das kalte Bier rinnt mir wohltuend in den Magen.

Nach einer Viertelstunde gehe ich duschen und hinterher entscheide ich mich, nach einigem Herumprobieren, für die Killerkombination: dunkelblaue Jeans, hellblaues Hemd und die obligatorische Bomberjacke. Ich will hart und cool sein. David soll nicht merken, dass ich scheiße drauf bin. Bevor ich das Haus verlasse, packe ich schnell ein paar Klamotten für die morgige Tour ein.

Ich trotte zur Bushaltestelle und fahre mit dem Bus, obwohl ich das Gedränge darin hasse, aber heute mit

David wird es eine Koma-Veranstaltung geben, da bleibt der Golf besser zu Hause stehen. Im Bus ist es eng und stickig, wie erwartet, alle Plätze sind besetzt. Nach zehn Minuten ruft der Fahrer meine Station auf und ich steige aus. Ich stehe am Straßenrand, als neben mir Bremsen quietschen. David stößt die Beifahrertür des MX 5 auf.

»Hey you, geil, Alter! Los, steig ein, bevor die Typen hinter mir zu hupen anfangen.'

Ich springe rein, und wir brausen davon.

»Hey, Max. Dass wir zwei alte Herren noch mal was zusammen unternehmen.« Er haut mir auf die Schulter. »Heute woll'n wir Spaß haben, richtig fett. Und du, mein Freund, wirst vor meinen Augen kollabieren.«

Kurze Zeit später erreichen wir das Restaurant. Zwei Kellner kommen uns sofort entgegen und begrüßen David und mich so überschwenglich als wären wir die Brüder von Don Corleone. »Wie geht es? Was macht die Familie, wo ist deine Mama?«

David, der Weltmann, gibt bereitwillig Auskunft, und wir setzen uns an einen der Tische.

»Schön, dass ihr gekommen seid. Wir haben heute frischen Fisch aus Napoli. Direkt von Francesco. David, du erinnerst dich doch an Francesco, meinen Bruder?«

»Natürlich, Philippo. Wie könnte ich Francesco vergessen! Philippo, mein Freund. Wir verdursten und wir brauchen dringend eine Packung Zigaretten. Egal welche Marke, nur nicht HB oder Lord, keine Arbeitermarken bitte!«

»Was wollt ihr trinken? Einen Aperitivo? Prosecco? Si? Bene. Carlo, due prosecchi. Avanti, avanti. Die Zigaretten bringe ich sofort. Grazie.«

»Grazie, Philippo, grazie mille.«

Mit einem kurzen Blick checkt David die Frauen ab, die im Restaurant sitzen.

»Und, was machst du jetzt so, Max, erzähl mal!« David schaut mich an. Blöde Frage, denke ich mir.

»Ich arbeite jetzt beim Fernsehen.«

»Ach, echt!«

David fährt mit den Fingern durch seine gegelten Haare. Er ist unruhig. »Sorry, Max, aber ich muss mal auf Toilette. Bin gleich zurück.«

Er hat sich kein bisschen verändert. Ich ziehe meine blaue Bomberjacke aus und lege sie neben mich auf die Bank. Da kommt auch schon der Kellner mit den zwei Gläsern Prosecco.

»Prego, signore.«

David kommt zurück an den Tisch. Er hat seine Frisur auf Vordermann gebracht und sich auch das Näschen gepudert. Der Junge ist drauf wie eine Eins. Er klatscht in die Hände, nimmt sein Glas Prosecco und prostet mir zu. »Hey, Max. Cheers! Wo arbeitest du noch mal, in der Werbung?«

»Nein, beim Fernsehen!«

»Ach ja, stimmt. Cool, Mann. Und was machst du da so den ganzen Tag? Drehst du Spielfilme oder so? Kennst du die Feldbusch, diese obergeile Schnitte?«

»Hauptsächlich bereite ich die Geschichten für ein Fernsehmagazin vor, in dem es um schwere Unfälle geht. Das fertige Material wird dann von mir im Schnitt weiterbearbeitet.«

David winkt immer wieder irgendwelchen Leuten zu, die er offensichtlich kennt. Er hört mir überhaupt nicht richtig zu. »Wieso drehst du keine Filme, Mann, du bist doch beim Fernsehen! Kennst du nun die Feldbusch oder nicht?« Mit riesigen Pupillen starrt er mich an.

»Nein, ich kenn die Feldbusch nicht. Das mit dem Filmedrehen ist so …«

Philippo kommt zurück, er nimmt die Bestellung auf. David will Fisch, ich entscheide mich für Nudeln. Er bestellt einen Etna bianco D.O.C. aus Sizilien. Sorry, Max. Das ist mir nicht ganz klar. Noch mal, wenn du die Dinger nicht selber drehst, sondern vor- oder nachbereitest, dann bist du so eine Art Sachbearbeiter oder was! Oder sehe ich das falsch? Was heißt überhaupt Unfälle? Machst du bei so einer Nummer mit: spritzendes Blut, tote Kinder und all so'n Scheiß? Du bist pervers, was? Oder stehst du da drauf? Kann ja sein. Geil, Alter!«

Ich versuche, ihm zu erklären, was meine Aufgabe ist, erzähl ihm von den Maders und der Österreich-Nummer.

»Das ist ja schlimmer als ein Alien-Film, was du da drehst! Machst du wenigstens gigantische Kohle?«

»Es geht. Ich komme über die Runden. Aber lass uns jetzt nicht mehr darüber reden.«

»Hey, lass dich nicht von mir runterziehen. Mäxchen! Heute reden wir nicht mehr über die Arbeit, alles klar!«

David legt einen Braunen auf den Tisch. »Den machen wir gleich in der *Halle* platt, o.k? So wie in alten Zeiten.«

Dann kommt das Essen, und es schmeckt fantastisch. Ich beginne den Abend zu genießen. David lässt seinen Fisch erwartungsgemäß nach ein paar Bissen zurückgehen. Um elf Uhr verlassen wir den Laden. David merkt, dass ich müde bin. Er legt mir eine anständige Line.

Oh, Mann. Wie lange habe ich mir nicht mehr das Hirn freigeballert. Das Blut schießt durch meinen Körper. Lachend rasen wir durch die Nacht. David parkt wie früher direkt vor dem Eingang der *Halle.* Mir geht's so gut. Schon lange hatte ich nicht mehr so viel Spaß. David hat mir reichlich Koks geschenkt, das wird noch die ganze nächste Woche reichen. Wir steigen aus und gehen an der Schlange vorbei. Die Türsteher winken uns durch.

DONNERSTAG

Es ist fast zwei Uhr. Vor mir steht das zehnte Kölsch. Die Bomberjacke habe ich mir um die Hüften gebunden. In sechs Stunden muss ich bei Werner sein. Dann fahren wir nach Kärnten. Egal, ich gehe eben von der *Halle* direkt dort hin. David kommt zu mir. Er nimmt mich in den Arm und zieht mich zur Seite. »Hey, Max, das ist echt geil hier. Wir feiern heute ein großes Fest, kapiert, mein Alter?«

»Klar, Mann.«

»Weißt du, warum ich mich unbedingt mit dir treffen wollte?«

»Weil du über damals reden willst?«

»Quatsch! Ich wollte nur mal checken, was aus dir so geworden ist. Anscheinend nicht viel, wie ich sehe. Du hättest mich besser nicht beschissen, dann wärst du heute woanders.« Er grinst mich an.

Klar, warum sollte er mir was übelnehmen, der Abstand zwischen uns ist groß genug, es ist ihm vollkommen egal, was damals war. Und ich bin schon zu breit, um irgendwas entgegnen zu können. »Lass uns weitersaufen.«

Ich winde mich aus seiner Umarmung und stolpere hinaus in den Biergarten der *Halle.* Hier ist es kalt. Ich ziehe meine Jacke über, knalle mir ein Kölsch auf Ex runter und setze mich mit einem Fernet Branca auf die Mauer neben dem Würstchengrill. Nach einer kräftigen Nase hole ich mein Handy aus der Innentasche. Ich wähle Ramons Nummer. Er ist nicht da. Ich versuche es bei Maja. Mit irgendjemand muss ich jetzt reden. Es klingelt. »Komm, geh schon dran!« Endlich hebt sie ab.

»Hy, Maja. Ich bin's, Max.«

»Mäxchen?« Sie gähnt. »Was ist denn los? Bist du wieder betrunken? Mäxchen, geh schlafen. Egal was auch immer du mir sagen willst, wir können morgen darüber reden.«

»Morgen bin ich tot!«

»Red keinen Scheiß, Max, du bist unsterblich. Ich leg jetzt auf.«

»Geh nicht zu Vita, hörst du?« Längst hat Maja aufgelegt.

Nach einem weiteren Glas Fernet torkel ich ins Bistro zurück.

David scheint schon weg zu sein. Das sieht ihm wieder mal ähnlich. Alles ist wie früher, wahrscheinlich hat er eine alte Braut getroffen und fackelt jetzt nicht lange.

Bevor ich noch ein Kölsch bestellen kann, steht Ela neben mir und strahlt mich an.

»Da bist du ja. Komm, lass uns tanzen.«

Sie zieht mich aus dem Bistro und geht mit mir in die *Halle* zurück. Sie hat sich die Haare zu großen Korkenzieherlocken aufgedreht. Mit dem bauchfreien Top und dem Supermini sieht sie aus wie eine Nutte. Sie legt ihre Arme um mich und schon bald befummeln wir uns mehr, als dass wir tanzen.

»Holst du uns noch zwei Campari-Orange?«

Ich hasse das Zeug, aber egal. Ela macht mich geil. Während wir knutschen, greift sie mir zwischen die Beine und flüstert mir ins Ohr: »Komm, lass uns auf die Toilette gehen.«

Wie Taps der Bär stolpere ich hinter dem blonden Engel her.

In der Toilette gehe ich zuerst zum Waschbecken, mir ist schlecht. Mein Spiegelbild erschreckt mich, dieser bleiche, verquollene Typ, bin ich das? Die Haare hängen mir ins Gesicht. Ich halte meinen Kopf unter den Wasserhahn. Ich muss noch was ziehen, sonst stehe ich das hier nicht durch.

Ich gehe zu den Frauenklos. Ela wartet vor einer der Kabinen auf mich. Sie schiebt mich schnell rein und verriegelt die Tür. Draußen im Vorraum unterhalten sich zwei siebzehnjährige Mädchen über Analficken.

»Warum gehen wir denn nicht zu mir nach Hause?«

»Hier ist es geiler!« Knopf für Knopf öffnet Ela meine Hose.

»Zieh dich aus, Baby, ich will, dass du nackt bist!« Ela zieht sich ihren Fummel ab und kniet sich hin. Ich bekomme alles nur in Zeitlupe mit. Sie massiert meinen Schwanz, und als sie ihn in den Mund nimmt, mache ich den Fehler, die Augen zu schließen. Plötzlich ist die Krebsfleischpasta wieder da. Ich kenne dieses Saugen und Schmatzen meines Magens. Scheiße, die letzte Line kam zu spät! Irgendjemand klopft an die Toilettentür. Inmitten von Uringeruch und Magensäure verliere ich die Kontrolle. Es passiert einfach.

Ich schiebe Ela beiseite, bekomme den Türgriff zu packen, entriegel die Tür und falle halbnackt in den Vorraum. Ich rappel mich auf, die Hose hängt mir in den Kniekehlen, ich stolpere erneut, fange mich wieder und versuche, die Jeans hochzuziehen. Eine Frau beginnt hysterisch zu schreien. Zwei andere stehen vor mir und können's nicht glauben: »Der Typ hat sie vollgekotzt.« Dieser Satz wirkt wie ein Signal. Ich setze mich in Bewegung, erreiche den langen, dunklen Flur und gelange schließlich nach draußen.

Eine Zeit lang laufe ich durch leere Straßen. Es dauert ewig, bis es mir gelingt, ein Taxi anzuhalten. Es ist fast halb sechs. Langsam wird es hell. Ich sage dem Fahrer, dass er Richtung Innenstadt fahren soll, nach Hause möchte ich nicht. »Kannst du mich auf die andere Rheinseite bringen?«

»Wenn du zahlen kannst?«

Verflucht! Wo ist mein Geld? Aufgeregt taste ich nach meinem Portemonnaie. Es ist da, auch mein Schlüsselbund und sogar das Heftchen mit dem Koks finde ich in meiner Hosentasche.

Der Fahrer setzt mich ab, und ich gehe in den nahe gelegenen Rheinpark und setze mich auf die erstbeste Bank.

»Hey, du, haste mal 'ne Mark?«

Ich drehe mich um. Neben mir steht ein Penner und hält die Hand auf. Sein Atem riecht nach Korn. Ich überlege kurz, was ich mit ihm machen soll.

»Hör zu, alter Mann: Ich gebe dir zehn Mark. Da drüben ist ein Büdchen. Du holst uns beiden Kaffee und ein paar belegte Brötchen. Wenn du mit den Sachen wiederkommst, dann gebe ich dir noch mal einen Zehner drauf.«

»Klar, Chef. Brötchen und Kaffee. Kommt sofort.« Die Chancen stehen fünfzig zu fünfzig.

Zehn Minuten später steht der Penner wieder neben mir. »Hier, Chef, das Frühstück. Wo ist der Zehner?«

Ich gebe ihm das Geld. Er setzt sich neben mich und beißt kräftig in sein Käsebrötchen. Ich glotze einfach nur auf den Rhein.

»Haste vom Leben die Schnauze voll?« Während er mich das fragt, kramt er eine volle Flasche Korn aus seinem verdreckten Wollmantel.

»Was geht dich das an?«

»Verstehe. Willst nicht reden, was? Auch gut. Einen

Schluck Feuerwasser?« Er hält mir den übelriechenden Fusel direkt unter die Nase. Ich schüttele den Kopf. »Wohl nicht gut genug, was?« Sein Kehlkopf hüpft freudig auf und ab, als er sich die durchsichtige Flüssigkeit mit zwei gierigen Schlucken einverleibt.

Ich frage ihn: »Hast du schon mal darüber nachgedacht, einen umzubringen?«

Er starrt mich lange an.

»Frag mich nicht so 'ne Scheiße, Junge!«

»Ich hab letzte Nacht davon geträumt, dass ich jemand umgebracht habe.«

Er fängt an zu kichern. »So einer wie du kann keinen umbringen.« Zweimal wiederholt er diesen Satz und klatscht dabei in die Hände.

»Woher willst du das denn wissen?«

»Sehe ich direkt. Da bin ich mir sicher. Hier, trink einen Schluck, das tut dir gut.«

Dieses Mal nehme ich die Flasche. Wie Säure rinnt der billige Korn durch meine Kehle.

»Einmal, das schwöre ich dir, werde ich es der ganzen Welt beweisen. Ganz sicher.«

»Klar, Junge! Ich glaube an dich.«

Dann geht das Gekichere wieder los.

»Hör endlich auf zu lachen, du Scheißpenner«, brülle ich ihn an, während ich ihn mit beiden Händen an seinem Mantel packe, um ihn zum Schweigen zu bringen. Plötzlich spüre ich ein Messer an meinem Hals. »Gib mir deine Kohle, sonst schlitz ich dich auf, du Sack.«

Ich starre ihn erschrocken an. Mein Instinkt sagt mir, dass er es ernst meint. Ich habe Angst. Er nimmt die Geldbörse und drückt mich mit einem kraftvollen Stoß von der Bank. Als ich mich aufgerappelt habe, ist er längst verschwunden. Ein paar Meter weiter finde ich mein geplündertes Portemonnaie. Zum Glück hat er es nur auf mein Bargeld abgesehen.

Ich gehe in Richtung Geldautomat und ziehe neues Geld. Das nächstbeste Taxi bringt mich nach Hause. Ich sage dem Fahrer, dass er in einer halben Stunde wiederkommen kann. Schnell nehme ich eine Dusche und schmeiße mir zwei Aspirin rein.

Meine Reisetasche ist gestopft voll. Vier Tage sind keine Ewigkeit, aber wer weiß? Vielleicht komme ich einfach nicht mehr zurück. Das Taxi quält sich durch den Berufsverkehr. Es ist gut, die Stadt zu verlassen. Auf der Flucht lebt es sich leichter, ich überlege, wer das zu wem in welchem Film gesagt hat.

Diego steht schon vor Werners Haustür. Er kann das Klingelschild nicht finden. Ich bezahle den Fahrer und begrüße Diego. Ich erzähle ihm sofort, dass ich heute Morgen von einem Penner überfallen worden bin. Er lacht. In Buenos Aires sei das Alltag. Wir suchen gemeinsam Werners Klingelschild und gehen hoch, als er den Türöffner bedient. Es riecht schon nach Kaffee, Werner grinst uns an. Seine Haare sind noch nass, er ist eben erst aufgestanden. Schon seit mehreren Monaten wohnt er hier in diesem Vorort von Köln, doch die Wohnung sieht aus, als wäre er gestern erst eingezogen. Am Bett stehen mehrere unausgepackte Kartons. Es gibt eine Stehlampe, deren Schnur noch als ordentliches Päckchen am Fuß zusammengebunden ist.

»Na, Werner, alles im Griff? Wann ziehst du eigentlich mit deiner Freundin zusammen?«

»Hör bloß auf! Ich bin froh, dass ich mal für ein paar Tage abhauen kann.«

»Wo sind die Brötchen?« Diego sieht sich fragend in der Küche um.

»Hier gibt's nur Kaffee. Wir frühstücken an irgendeinem Autobahnrastplatz. Die Firma zahlt.« Werner grinst, als ob er die Kronjuwelen der Königin von England gestohlen hätte.

Ich lasse mir den Schlüssel des Firmenwagens geben, um mein Gepäck in Ruhe zu verstauen. Vor uns liegen acht Stunden Autobahn.

»Was ist eigentlich mit Geoffrey?« Diego kaut auf einem Duplo herum, das er sich von zu Hause mitgebracht hat.

»Der kommt mit seinem eigenen Wagen.«

Werner will fahren, als Beifahrer hat er Angst. Mir ist das vollkommen egal. Ich will pennen, aber sobald ich die Augen schließe, beginnt sich alles zu drehen. »Hey, Werner, halt bitte an. Mein Magen schreit nach dem zweiten Frühstück. Ich hab Bock auf ein Brötchen mit warmem Leberkäse.«

»Die nächste Tanke kommt in zwanzig Kilometern. So lange musst du noch durchhalten. Warum bist du eigentlich so blass? Wirst du krank?«

Werner schaut zu mir rüber. Seine Finger klopfen auf das Lenkrad. Ich antworte ihm nicht. Diego hüstelt auf dem Rücksitz. »Wie weit ist es noch bis zur Tankstelle? Ich muss mal.«

»Noch immer zwanzig Kilometer. Ich werde deine Blasenschwäche schon nicht vergessen, Diego.« Werner fummelt am Zigarettenanzünder herum.

»Warum lässt du dir keinen Katheter legen?« Ich drehe mich um und grinse unseren Argentinier an, der zeigt mir den Stinkefinger.

Auf der Raststätte halten wir direkt vor dem Toilettenhaus. Diego hastet hinein, ich folge ihm. Erst pinkeln, dann essen. Jemand hat neben die Toilette geschissen. Es stinkt fürchterlich.

Ich klaue fünfzig Pfennig aus dem Dankenapf und gehe ins Restaurant. Werner und Diego sitzen schon vor ihren dampfenden Tassen und frühstücken genüsslich. »Gib mir mal zehn Mark, Werner. Ich brauche auch was zu essen.«

»Haste keine eigene Kohle?«

»Na klar, meine Sozialhilfe habe ich dabei, aber die kommt in den Sparstrumpf. Wenn ich mit der Firma reise, dann zahlt die auch mein Essen. Du kannst es mir ja von den Spesen abziehen.«

»Wird das hier von den Spesen abgezogen?« Diego schaut erschreckt auf.

»Klar, Mann! Sehe ich so aus wie eine Bank? Wie soll ich das denn abrechnen?«

»Tja, Diego, das ist Pech. Hättest du dir mal nicht so viel genommen.« Ich grinse und gehe zum Buffet. Kaffee, Leberkäse und eine Tafel Kinderschokolade müssen reichen.

Nach fünfzehn Minuten fahren wir weiter. Endlich schlafe ich ein. Weit hinter Würzburg löse ich Werner mit dem Fahren ab. Ich gehe auf die linke Spur und gebe Gas. Ich will ankommen. Nach zwei Stunden sehe ich von Ferne die ersten Berge auf mich zukommen. Jetzt ist es nicht mehr weit.

Geoffrey ist vor uns da. Sein schwarzer Porsche steht vor dem Eingang. In der Lobby kommt er uns entgegen. »Na, Jungs, auch schon da?« Immer derselbe schlechte Witz.

»Lockenköpfchen, wie geht es uns denn heute?«

Diegos Schweinsaugen schauen ihn unsicher an. »Geoffrey, alter Junge. Ich hab gehört, dass du schon den Stunt geplant hast. Also, ich habe da eine ganz andere Idee!«

»Zuerst trinken wir mal ein Bierchen.« Geoffrey klopft ihm auf die Schulter. Er will von mir wissen, wann wir den ersten Termin haben. Ich erkläre ihm, dass wir den behandelnden Arzt um einundzwanzig Uhr zum Essen treffen.

Ich bringe meine Tasche aufs Zimmer. Es ist der übliche Betonbunker mit dreihundert Betten, in dem wir untergebracht sind. Aber hier hängen an den Wänden vergilbte Fotos von Jägern, die stolz vor toten Gemsen posieren. In knapp drei Stunden kommt der Arzt. Das ist nicht viel Zeit, um Schlaf aufzuholen.

Es ist kurz nach neun, als das Zimmermädchen an die Tür klopft. Völlig verschlafen vernehme ich, dass meine Kollegen schon im Hotelrestaurant auf mich warten. Sie solle es ausrichten.

Ich wanke ins Bad, putze mir die Zähne und bringe meine Haare in Form. Ich ziehe mir eine kräftige Line. Ohne das Zeug brauche ich gar nicht erst zu versuchen, den Notarzt zu überzeugen.

Während ich auf den Fahrstuhl warte, überlege ich, wie ich ihm am besten begegnen soll. Ich hoffe, dass es mir gelingt, freundlich zu sein. Er darf nicht merken, wie sehr mich sein Verhalten angepisst hat.

An der Bar bestelle ich mir einen Espresso und ein Glas gepresste Zitrone.

Am Tisch herrscht eisiges Schweigen. Ein dunkelhaariger Typ im Trachtenanzug sitzt am Kopfende und isst ein Filetsteak. Das ist mein Mann. Werner steht auf und kommt mir entgegen: »Wir können morgen direkt wieder zurückfahren! Das Arschloch macht nicht mit.«

»Wieso? Der hat doch gesagt, dass wir uns vor Ort über alles unterhalten können.«

»Das hat man dir vielleicht am Telefon erzählt. Ich sage dir, der Kerl ist kalt wie eine Hundeschnauze. Das Ding ist gelaufen.«

»Werner, seit wann resignierst du so schnell? Lass mich mal machen, ich werde den Typen schon knacken.«

»Das hoffe ich für dich. Wenn Helga davon erfährt, ist der Zopf ab. Das ist dir ja wohl klar.«

»Danke für den Tip.«

Ich lasse ihn stehen und gehe zum Tisch. Der Barmann bringt den Espresso und die Zitrone.

»Guten Abend, Herr Dr. Holzenrieder. Vielen Dank, dass Sie gekommen sind. Ich höre, dass es Probleme gibt?«

»Vielleicht für Sie, für mich nicht. Ich werde Sie jedenfalls nicht unterstützen. Ihre Kollegen wissen längst Bescheid.« Genüsslich trinkt er sein Glas Rotwein aus.

»Warum wollen Sie denn bei den Dreharbeiten nicht mitspielen? Das ist doch eine sehr gute Promotion für Ihr Krankenhaus, wie mir Ihr ärztlicher Direktor mehrfach bestätigte.« Nervös rücke ich näher an den Tisch.

»Gut möglich, aber mittlerweile weiß er auch, für welches Magazin Sie arbeiten. Für *Happy End* mache ich das nicht. Wenn Sie mich kurz entschuldigen würden, ich muss telefonieren. Bitte bestellen Sie mir noch ein Glas Rotwein.«

Kaum ist er weg, stecken wir die Köpfe zusammen. »Der Typ ist das totale Arschloch. Der weiß nichts, aber auch gar nichts über unsere Sendung.«

Werner bläst nachdenklich Zigarettenqualm in die Luft. »Ich war auf einiges gefasst, Max. Du hast ja in Köln schon angedeutet, dass es Probleme geben könnte. Hast du ihm denn nicht klargemacht, was ihn hier erwartet? Der ist dicht, da läuft nichts mehr. Die Nuss kriegst du nicht mehr auf.«

»Die haben mich im Krankenhaus doch überhaupt nicht an den Arzt herangelassen.« Mein Handy klingelt. Ich schalte es aus.

Geoffrey meldet sich zu Wort: »Wie bitte? Wir fahren zur Motivbesichtigung, und du hast vorher nicht mit dem Arzt geredet? Weiß Helga davon?«

»Keine Angst, dieser miese Arzt wird mir die Tour nicht versauen.«

Geoffrey lacht. »Denn mal los. An deiner Stelle würde ich jetzt auf die Tube drücken!«

»Du musst ihn überzeugen.« Diego schaut mich entsetzt an. »Wenn die Nummer hier abgebrochen wird, bin ich finanziell am Arsch, comprendes?«

»Herrgott, Leute! Ich hab es begriffen.« Mein Kopf dröhnt. Geoffrey nimmt seine Zigaretten. »Ich gehe jetzt an die Bar. Sagt Bescheid, wenn es was Neues gibt.«

Der Arzt kommt zurück. Er winkt den Kellner heran. »Ein Glas Rotwein, bitte. Ich glaube, das wurde vergessen.« Gleichgültig zündet er sich eine Reyno an.

Dies ist meine letzte Chance. »Lieber Herr Dr. Holzenrieder! Was können wir denn tun, damit Sie sich umstimmen lassen? Vielleicht dürfen wir dem Krankenhaus ja eine größere Spende zukommen lassen? Wir würden wirklich nicht lange in Ihrem Haus drehen. Wir zeigen nur die Anfahrt ins Krankenhaus und eine gestellte Szene im Schockraum, wo der Junge zur OP vorbereitet wird. Von Ihnen bräuchten wir nur ein kurzes Statement. Das ist alles.«

»Das nennen Sie alles!«

»Nach drei Stunden sind wir wieder weg.«

»Wie oft soll ich es Ihnen denn noch sagen, ich unterstütze keine Fernsehsendungen, die mit dem Leiden anderer Menschen Geschäfte machen.«

»Glauben Sie mir, wir wollen in erster Linie aufklären. Wir machen kein Reality TV. Wir sind nicht live dabei, sondern stellen alles nach!«

Er grinst mich spöttisch an. »Es ist mir egal, wie Sie es nennen! Das Krankenhaus wird nicht mitwirken. Wir sind nicht der *Emergency Room!*«

»Warum haben Sie uns das nicht früher gesagt? Dann hätten wir uns die Anreise nach Österreich sparen können. Sie sehen doch, was uns das jetzt schon kostet.«

»Ich habe Ihnen mehrfach ausrichten lassen, dass wir

nicht zur Verfügung stehen werden. Sie waren es, der dennoch kommen wollte. Wenn Sie mal eine Dokumentation über das Krankenhaus machen möchten, dann stehen wir gerne zur Verfügung. Gegen seriösen Journalismus hat das Haus nichts einzuwenden.«

Fernsehen soll es also sein, aber nicht irgendeines. Man ist auch noch wählerisch. »Wen sollen wir denn schicken? Soll es *Spiegel TV* sein, und die prüfen mal die Abrechnungen des Chefarztes?«

»Ich muss Sie jetzt verlassen. Das Essen war vorzüglich, vielen Dank für die Einladung.«

Das ist zu viel für Werner. »Was glauben Sie eigentlich, wer wir sind! Wir produzieren eine der erfolgreichsten deutschen Fernsehsendungen! Woche für Woche kriegen wir Dankschreiben von Leuten, denen wir mit unserer Sendung geholfen haben.«

»Beruhige dich, Werner. Der Herr Landarzt hatte niemals vor, uns zu helfen.«

»Ich will mich nicht beruhigen. Diesem Quacksalber hau ich gleich auf die Fresse!« Nur mit Diegos Hilfe gelingt es mir, Werner festzuhalten.

Dr. Holzenrieder ist aufgestanden. Unbeeindruckt geht er zur Garderobe und zieht sich den Lodenmantel über. »Ich wünsche Ihnen eine gute Heimreise, meine Herren. Nicht nur, dass das Magazin jenseits alter Kritik ist. Auch Ihr Benehmen lässt mehr als zu wünschen übrig.«

Werner ballt die Faust. »Lass ihn, was würde das nützen.« Mir fällt nichts Besseres ein, als beim Kellner eine Flasche Marillenschnaps zu bestellen.

Geoffrey kommt spöttelnd an den Tisch zurück. »Tja, Burschi, das wird in Köln nicht gut ankommen. Wer ruft denn Helga an und sagt ihr, dass wir morgen Abend wieder zu Hause sind?«

Geoffrey nimmt den Schnaps und schenkt die Gläser voll. Diego sitzt apathisch vor seinem Glas und blickt fragend in die Runde. »Mein Gott, wie konnte das passieren! Warum machst du so etwas nicht wasserdicht?«

»Woher soll ich das denn riechen? Außer meinem Telefon habe ich nichts, womit ich recherchieren kann.«

»Nur keine Ausreden, Max. Das hier ist dein Fehler! Klare Sache. Wenn man spürt, dass etwas nicht klappt, dann fährt man gar nicht erst hin.«

»Ja, ja, Werner. Immer alles schnell, schnell, und wenn's dann Probleme gibt, einfach draufhauen.«

»Hey, Leute. Immer mit der Ruhe. Was soll das? Wegen diesem Arschloch müssen uns ja nicht die Köpfe einschlagen.«

Stumm schaufeln die anderen das Essen in sich hinein. Mir ist der Appetit vergangen, ich bleibe beim Bier. Geoffrey schenkt uns allen Schnaps nach. »Jungs, noch ein letzter Kurzer, und anschließend geht's in den Puff!«

Geoffreys Ansage reißt mich aus meiner Lethargie. Er packt seine Zigaretten ein und geht in Richtung Ausgang. »Ich gehe vor und sortier schon mal die Bräute. Das Haus liegt gleich hier um die Ecke.«

Eine halbe Stunde später stehen wir vor dem Ösipuff, er trägt den schönen Namen *Eichhörnchenbar*. Kaum sind wir drin, zieht Geoffrey uns auf die Seite und flüstert: »Werner, hol mal schnell die Digikamera aus dem Auto.«

»Wozu brauchst du denn die Digi? Willst du hier die kleinen Nutten filmen?«

»Halt dein Maul, mach einfach.«

Keine drei Minuten später ist Werner wieder da.

Geoffrey schiebt die Digi unter seine Jacke. Er zieht mich zu sich heran und deutet mit seinem Zeigefinger in ein kleines Séparée. Beschwörend legt Geoffrey seine

Hand auf meine Lippen, nimmt die Kamera hoch und beginnt zu filmen.

Ich sehe vorsichtig über die Trennwand. Das kann nicht wahr sein! Im Halbdunkel sitzt Doktor Holzenrieder, lässt sich von zwei Nutten verwöhnen und schenkt schleimig lächelnd Sekt ein.

»Guten Abend, lieber Herr Doktor.« Geoffrey hält weiter die Kamera drauf.

»Was wird wohl Ihre Frau denken, wenn sie diese Bilder sieht?« Dann geht alles sehr schnell. Der Arzt zahlt und verlässt in unserer Begleitung die *Eichhörnchenbar.*

Draußen bekommen wir das, was wir haben wollen. Doktor Holzenrieder lädt *Happy End* ins Krankenhaus ein: »Kommen Sie morgen um neun Uhr.«

»Warum nicht gleich so, Herr Doktor? Es hätte so einfach sein können! Und schließlich, Mediennutten oder richtige, wo ist denn da der Unterschied, gell?«

Eilig verschwindet der Arzt in der Nacht. Ich gehe auf Geoffrey zu und haue ihm anerkennend auf die Schulter: »Sauber, Alter!«

»War kein Tape in der Digi!« Geoffrey saugt an seiner fünfzigsten Zigarette und grinst. »Kommt, wir gehen wieder rein.«

Nach ein paar Siegerbieren und mit reichlich guter Laune macht jeder das, wonach ihm gerade ist.

Ich gehe zurück ins Hotel und schlafe sofort ein.

FREITAG

Um halb acht klingelt das Telefon. Schlaftrunken hebe ich den Hörer ab. »Guten Morgen. Ich habe ein Gespräch aus Deutschland für Sie.«

»Hallo, hier ist Helga.«

»Um diese Uhrzeit? Ist irgendwas passiert?«

»Ja. Maja hat gekündigt. Sie hat es uns gestern Abend mitgeteilt. Sie hat so viel Resturlaub, dass heute schon ihr letzter Tag ist. Olga hat alles versucht, aber sie bleibt keinen Tag länger. Wusstest du, dass sie gehen will?«

»Nein, davon hat sie nie etwas erzählt.«

»Lassen wir das mal dahingestellt, wichtiger ist, dass wir auf die Schnelle keinen Ersatz für sie bekommen. Du bist ja auch nicht da, also muss ich jetzt zusätzlich noch ihre Unterlagen sichten.« Helga ist angefressen, und das genieße ich von ganzem Herzen. Jeder dieser Sätze tut mir gut. »Du hörst dich ziemlich verpennt an. Habt ihr keine Termine?«

»Wir treffen den Arzt um neun Uhr im Krankenhaus. Gestern ist es spät geworden. Wir haben lange gearbeitet!«

»Erzähl keinen Quatsch, wahrscheinlich habt ihr schwer gesoffen und kommt deshalb nicht aus dem Bett. Wann schaut ihr euch die Location an? Klappt das mit dem Hubschrauber?«

Ich stöhne auf. »Das steht doch alles in der Dispo. Hat dir Werner keine gegeben?«

»Und was ist mit dem Arzt?«

»Alles klar, wie ich es gesagt habe. Gibt's sonst noch was, ich möchte gerne frühstücken.«

Sie legt auf. Endlich kann ich duschen.

Ich habe Hunger. Leider komme ich zu spät, die Jungs warten schon ungeduldig. Hastig trinke ich eine Tasse Kaffee im Stehen und nehme mir ein Stück Trockenkuchen für unterwegs mit.

Im Krankenhaus läuft alles wie geschmiert. Wir dürfen auf der Intensivstation drehen. Das ist äußerst selten. Meistens ist im Schockraum Schluss. Dr. Holzenrieder übernimmt persönlich die Führung durch die Klinik. Er gibt sich die allergrößte Mühe. Nach zwei Stunden steht der Drehtermin.

Unsere nächste Anlaufstation ist das Rote Kreuz. Die Jungs sind völlig aus dem Häuschen über unser Kommen. Große Fernsehwelt trifft kleine Saniwelt. Es gibt Puddingteilchen zum Instantkaffee. Ich erzähle ihnen von Häuptling Silberlocke. Es versteht sich von selbst, dass sie uns in jeder Hinsicht unterstützen. Obendrein stellt sich heraus, dass der Kommandant der örtlichen Feuerwehr der Bruder des ÖRK-Chefs ist. Alles läuft wie geschmiert, und ich spüre, wie sich meine Anspannung allmählich löst. Mein Blutdruck ist hoch, und mein Herz klopft wie verrückt, aber das hat andere Gründe. Werner arbeitet mit den Typen die Termine aus. Auch Diego macht sich Notizen. Mir wird es schnell langweilig. Die Jungs sind nett, aber nicht besonders helle. Werner hat Mühe, ihnen zu erklären, was wir vorhaben. Die Luft steht in dieser Sanitäterbude, und es stinkt nach Fußschweiß.

Die ÖRK-Leute erzählen uns den gesamten Rettungsablauf, Schema F, kurz und präzise: Über die Rettungsleitstelle ging der Notruf ein. Die betreffende Wache wurde alarmiert und rückte mit einem Rettungswagen aus. Der Notarzt kam mit seinem Fahrer nach. Die Mistgabel wurde von zwei Feuerwehrmännern abgesägt, die zufällig in der Nähe des Bauernhofes an einer Übung beteiligt waren. Nur so konnte der Junge überhaupt in den Rettungshubschrauber gelegt werden.

»Willst du zeigen, wie die Rettungssanitäter ausrücken, Diego?«, fragt Werner.

»Mal schauen.« Diego ist sich unschlüssig.

Ich hake nach. »Was ist mit der Leitstelle?«

»O nein! Nicht schon wieder. Wie oft wollt ihr denn noch eine Leitstelle von innen zeigen!«

»Da hat er Recht!« Werner schaltet sich energisch ein.

»Aber ich habe es dem Dienststellenleiter am Telefon versprochen!«

»Sorry, Max. Dann rufst du ihn halt an, und sagst, dass es nicht geht. Wir müssen sonst zu oft den Drehort wechseln. Du weißt doch, was das für Zeit in Anspruch nimmt! Wir haben nur drei Tage!« Werner lässt sich nicht überzeugen. Die Vorbereitung der Dreharbeiten ist jetzt sein Baby. »Wie lang muss der Beitrag denn werden?«

Diego schlägt sein Filofax auf. »Helga braucht einen Zwölfminüter. Wenn wir auch noch auf der Alm und im Heli gute Bilder kriegen, dann habe ich genug Material für eine spannende Geschichte. Lieber schnelle Schnitte als eine Kaugummiarie.«

Ich schlage meine Aktenmappe zu. Bingo. Die Sache läuft.

»Wer will noch einen Kaffee trinken, bevor wir zu den Maders hochfahren?« Werner geht zielstrebig auf ein kleines italienisches Restaurant zu. Ich schaue auf die Uhr. Es ist erst kurz nach elf.

»Auf Spesen oder zahlt die Firma?« Geoffrey erwacht aus seinem Tiefschlaf.

»Natürlich auf Firmenkosten, das ist dienstlich!« Zufrieden nehmen sich Werner und Geoffrey in den Arm.

Der geschäumte Milchkaffee schmeckt gut. Geoffrey bestellt wie üblich eine Runde Grappa dazu. Werner und Geoffrey wollen im Tabakladen um die Ecke noch ein paar Zigarren kaufen. Ich bleibe mit Diego allein. »Hast du dir schon überlegt, welches Team du für die Dreharbeiten buchen willst?«

Er räuspert sich. »Na, auf jeden Fall Paolo für die Maske. Die Filmblutnummern mit den großen offenen Wunden schminkt er am besten.« Paolo, die Schande der Italiener, der keine Pasta mag und stattdessen lieber zu McDonalds geht. »Erinnere mich später bitte daran, dass Werner ihn so schnell wie möglich bucht, Max. Seitdem Paolo bei Viva arbeitet, hat er kaum noch Zeit.«

Ich notiere seinen Wunsch auf der Stabliste. »Und wer soll die Erste Kamera machen? Ich hoffe doch Johannes! Er hat lange nicht mehr für uns gedreht. Ich habe ihn letzte Woche im *Spitz* getroffen. Er sah fertig aus. Ich glaube, der braucht dringend einen Job.«

Diego sieht weg.

»Was ist los? Warum antwortest du nicht? Buchst du ihn etwa auch nicht mehr? Schon vergessen, dass Johannes der beste Kameramann war, den wir je hatten! Er hat sich unter jeden Hubschrauber gehängt, und keine Gletscherspalte war ihm zu tief. Er ist immer volles Risiko gegangen. Denk mal an all die tollen Bilder, die er für dich geschossen hat.«

»Er hat sich aber kameratechnisch nicht weiterentwickelt.«

»Hast du einen an der Waffel? Kameratechnisch nicht weiterentwickelt … Willst du mich verarschen?«

»Soll ich dir mal was sagen, Max? Er ist nicht mehr der Jüngste und hatte zudem eine Menge Wackler und Unschärfen in den beiden letzten Beiträgen, die ich mit ihm gedreht habe. Das Material war teilweise unbrauchbar.

Das ist die Wahrheit! Wenn wir keine Zweite Kamera gehabt hätten, wären wir ohne Film nach Hause gekommen.« Diego spult seine Antworten runter, als hätte er sie auf Helgas Schoß auswendig gelernt.

»Erzähl mir nichts. Anstatt abends auf dem Zimmer das Material zu sichten, habt ihr euch die Kante gegeben und die Kellnerinnen angemacht! Anschließend hast du es bei Olga als seinen Fehler verkauft. Johannes hat mir doch alles erzählt. Und ich weiß auch, dass die Produktion ihn langsam aber sicher loswerden will. Gerade deshalb werden wir ihn nehmen! Wir schmeißen nicht gleich alle über Bord, nur weil sie einen Durchhänger haben.« Ich trinke meinen Kaffee aus und packe alles zusammen. »Es hat keinen Sinn, mit einem Typen wie dir zu verhandeln. Du machst mich krank.« Ich stehe auf und gehe in Richtung Ausgang.

Wir machen uns mit dem Auto auf den Weg zu den Maders.

»Wer hat eigentlich die Rettung alarmiert?« Diego, der Schleimer, will wieder mit mir ins Gespräch kommen.

»Lies die Geschichte! Oder meinst du, ich habe mir die Finger völlig umsonst wund getippt.«

»Was ist denn mit euch los?« Werner dreht sich zu uns um.

»Fahr geradeaus und misch dich bitte nicht ein. Das ist besser so.«

»Ist ja gut. Reg dich ab.«

Mühsam quält sich unser Produktionswagen eine Serpentinenstraße hoch. Der Unfall ereignete sich auf sechzehnhundert Metern Höhe. Kein Wunder, dass der Notarzt den Rettungshubschrauber alarmieren musste. Einen Abtransport über diese Schotterwege hätte Erwin Mader nicht überlebt.

Mit etwas Verspätung erreichen wir schließlich das Anwesen der Familie. Es stinkt nach Schweinedung. Kleine Fliegen surren um uns herum. Ein Hund schlägt an. Auf dem Hof ist niemand zu sehen. Werner und ich gehen in Richtung Stall. »Hallo, ist hier jemand? Frau Mader?«

Die Stalltür geht auf, und eine Frau kommt heraus, die von oben bis unten mit Blut bespritzt ist.

»Ist was passiert?«

»I wo, wir schlachten.« Mit einem Handtuch wischt sie sich die Hände ab. »Sie sind die vom Fernsehen, gelt? Kommen Sie, gehen wir in die Stube.«

Ich würge. Der Splatter-Spezialist kann nicht gut Blut sehen.

Frau Mader wäscht sich die Hände und stellt ein paar Flaschen kaltes Bier auf den Tisch. An den getäfelten Wänden hängen Kreuze und Marienbilder.

»Ich hol den Knödel.« Frau Mader dreht sich um und geht nach draußen.

»Wen holt sie?«, rätselt Werner.

»Den Knödel! Ich weiß auch nicht, was sie meint.«

Es ist still, nur die Kuckucksuhr tickt laut vor sich hin. Geoffrey zündet sich eine Zigarette an.

»Da hast du uns mal wieder schön in die Pampa geführt, Max! Alpenromantik mit Blutsuppe! Ich lach mich platt. Die Location hier erinnert mich an Maria Zell, als dem Tonmann das Richtmikro in die Jauchegrube gefallen ist. Erinnerst du dich?«

»Na klar, der hat die ganze Nacht versucht, die Scheiße abzukratzen, weil er keinen Ersatz dabei hatte.«

Wenige Minuten später wissen wir, wer der Knödel ist. Es ist unser Unfallopfer: Erwin Mader, der Junge mit der Mistgabel im Leib.

»Grüß Gott, ich bin der Knödel.«

Wir nicken.

Nach und nach versammelt sich die gesamte Familie

in der Wohnküche. Auch einige Nachbarn finden sich ein. Es spricht sich schnell rum, dass das Fernsehen da ist. Sie glotzen uns an. »Wo ist denn euer Chef?« Einer der Nachbarn will Silberlocke sehen.

»Der ist leider verhindert. Das nächste Mal kommt er ganz bestimmt.«

»Ja, wie? Und wir dachten, der kommt mit! Ich hab extra einen Selbstgebrannten dabei.«

»Den kann ich auch trinken«, meldet sich Geoffrey schnell zu Wort. Dagegen hat der Nachbar nicht wirklich etwas einzuwenden. Nach zwei Obstlern können wir mit unserer Arbeit beginnen. Ich stelle den Maders die Crew vor. Meine kleine Einführung wird immer wieder von Leo, dem Hofhund, unterbrochen. Diego erzählt von Klaus Kinski und als Geoffrey Edgar Wallace erwähnt, brechen die Zuhörer in Begeisterung aus. Leo bellt, und Erwin spielt einen irren Mörder nach. Vater Mader holt seinen Birnenschnaps aus dem Schrank, und der Nachbar verteilt Schnupftabak. Wenn das Fernsehen da ist, will man sich nicht lumpen lassen. Nach zwei weiteren Runden Schnaps kennen wir alle alten Geschichten aus dem Dorf und auch, was neulich mit dem Knödel passiert ist.

Wir verlassen die Bauernstube und sichten noch ein paar Drehorte. Da das Gelände im Familienbesitz ist, brauchen wir keine amtliche Drehgenehmigung. Die Außenlandeerlaubnis für den Hubschrauber können wir uns auch sparen. Der Heli landet unterhalb von siebzehnhundert Metern, da reicht die generelle Zustimmung des Innenministeriums aus. Gemeinsam mit Diego und Werner lege ich noch schnell die Kamerapositionen fest. Vom Landeplatz des Hubschraubers hat man einen herrlichen Blick über das Karawankengebirge. Wir beschließen, dort unseren Beitrag beginnen zu lassen. Das ist für die Nachbearbeitung leichter. Der Sprecher kann direkt sagen, wo und wann die Geschichte spielt. Die Interviews werden wir in der Stube drehen. Da ist es am ruhigsten. Die Mutter des Jungen soll uns durch den gesamten Beitrag führen. Sie ist am emotionalsten, sie erzählt am besten, und sie hat auch nichts dagegen. »Sind Sie gläubig?«

»Ja, freilich. Wir beten viel. Der Herrgott hat uns schon oft beigestanden.«

»Haben Sie denn hier eine kleine Kapelle, in die sie sonntags gehen?«

»Ja, warum?«

»Können Sie sich vorstellen, dass wir einen Dankgottesdienst filmen. Damit würde ich gern den Beitrag enden lassen«, erklärt ihr Diego.

»Geht das denn so einfach?«

»Von unserer Seite aus schon. Ich finde es toll, wenn die Zuschauer sehen, wie gläubig Sie sind. Der liebe Gott hat Erwin ja auch gerettet. Ist es nicht so?«

»Ja, sicher. Ich frag den Pfarrer. Mein Bruder kennt ihn gut.«

»Prima, Werner ruft Sie dann aus Köln an. Ich schreibe das Drehbuch, und der Werner organisiert alles. Wir schicken es mit der Post.«

»Ist schon recht.«

Zu mir sagt Diego: »Das sind die Emotionen, die Helga will. Close auf dem Gesicht der Mutter, wenn sie das Vaterunser betet. Die Kapelle ist voller brennender Kerzen, dazu spielt Orgelmusik. Vielleicht kriege ich auch noch eine Prozession hin. Wie findest du das?«

»Schleimig wie immer.«

Diego klappt sein Filofax zusammen und hält mir seine Hand hin.

»Sollen wir uns wieder vertragen?«

»Nein, warum?«

Ich drehe mich um und gehe zum Auto. Werner hat telefonisch für nächste Woche einen Drehtermin vereinbart. Länger als drei Tage werden wir nicht brauchen.

Diego hat sich an Geoffreys Stuntauflösung gehalten. Für den Sicherheitsberater ist die Nummer mit der Mistforke ein Kinderfurz. Da wir den Anflug des Hubschraubers in der Dämmerung drehen wollen, ruft Werner noch in Köln an. Er holt sich bei Toni die Budgetfreigabe für zusätzliche Scheinwerfer. Außerdem nutzt er die Zeit, um schon mal das Team für den Dreh zu buchen. Maske, Ton, Licht, Requisite und den Fotografen, der die Bilder für die Programmzeitschriften macht, erreicht er sofort. Nur dem Kameraassistenten muss er auf die Mailbox sprechen. Einen Stuntjungen brauchen wir dieses Mal nicht. Der Knödel wird alles selbst spielen.

Pfeifend kommt Werner zum Auto und erklärt uns, dass wir alle bei den Maders in den Gästebetten übernachten können. Die Frauen bereiten schon ein Grillfest vor, Vater und Großvater Mader holen kistenweise Bier aus dem Keller. Heute wird gefeiert, ob wir wollen oder nicht.

»Max, es wird bestimmt lustig, wenn wir mit den Maders die Sau auf den heißen Grill schmeißen. Außerdem sparen wir Kohle. Heute Abend hätte jeder sein Essen selbst bezahlen müssen.« Werner reibt sich die Hände. »Willst du deine Spesen schon haben? Du fährst doch gleich zu deiner Schnecke nach Tirol.«

»Laber nicht rum, das ist nicht meine Schnecke. Wie kommst du denn darauf? Gib mir endlich das Geld.«

»Willst du es dir nicht noch mal überlegen?«

»Was soll ich denn morgen schon wieder in Köln, Werner? Das hier ist meine Abschiedsvorstellung. Bei uns bleiben die Redakteure künftig im Büro. Wir trinken gleich noch ein Bier darauf.«

Es ist ein lauer Herbsttag. Die Hände in den Hosentaschen schlendere ich auf die Rückseite des Hofes, vorbei an einem verrosteten VW-Käferwrack, das aufgebockt auf zwei Holzbalken vor sich hingammelt. Ich folge einem schmalen Pfad durch die angrenzende Wiese, ein paar Hühner suchen aufgeregt das Weite, und bald darauf erreiche ich etwas unterhalb eine Stelle, von der aus man das ganze Tal überblicken kann. Ich lege mich in das weiche und etwas feuchte Gras, rauche eine Zigarette und genieße für eine Viertelstunde die Stille. Als Kind bin ich mit meinen Eltern oft in den Alpen gewesen. Mein Vater scheuchte mich und meine Mutter immer die Berge hoch. Auf jedem Gipfel bekamen wir von dem Hüttenwirt als Beweis für unsere Erstbesteigung einen Stempel in ein Heft, das wir am Ende des Urlaubs im Büro des Fremdenverkehrsamtes vorlegten, um die goldene Bergwandernadel und eine reich verzierte Urkunde entgegenzunehmen. Ich habe sie aufgehoben, sie liegen zu Hause in einer Mappe, zusammen mit dem Mofaführerschein und meinem Hochschuldiplom.

Als ich zurückkomme, ist Diego noch in Aktion und macht Polaroids, damit der Kameramann in Köln weiß, was ihn hier erwartet. Schon von weitem sehe ich, dass die Maders den Grill entfacht haben. Werner und Geoffrey stehen um die brennenden Holzkohlen herum und trinken ein kühles Bier.

Mein Zug geht in anderthalb Stunden. Kurz nach acht werde ich in St. Anton sein. Ich versuche Trine zu erreichen, um es ihr zu sagen, leider springt nur ihre Mailbox an. Ich bitte sie, mich am Bahnhof abzuholen. Jetzt ist es Zeit für eine Flasche Bier aus dem Holztrog der Maders. Ich stelle mich zu den Jungs.

Diego hält einem Nachbarn einen Vortrag über moderne Dramaturgie, und Geoffrey erzählt dem Großvater der Maders von der GSG 9. Das macht dem Alten Spaß, da er selbst im Krieg war. Werner kommt zu mir. »Hey, Max! Was war denn vorhin im Auto zwischen dir und Diego los?«

Wir setzen uns an einen leeren Tisch. Hier können uns die anderen nicht hören. »Mein Alien ist nur mal kurz ausgebrochen. Keine Panik. Alles ist im Lot.« Ich suche mein Koks und ziehe eine Spur. Mir ist egal, ob das hier jemand sieht.

Frau Mader kommt zu uns und bringt jedem einen Grillteller nach Art des Hauses, den ich sofort an Werner weiterschiebe.

»Glaubst du eigentlich an Gott?« Ich zerhacke die zweite Line auf meiner Arbeitsmappe, während ich auf seine Antwort warte.

»Nein. Ich glaube an nichts. Nur an das, was ich sehe.«

Ich ziehe mir wieder den Stoff ins Hirn hoch. »Du glaubst an nichts? Nicht einmal an die Wiedergeburt? Du glaubst wirklich, wir sterben, und alles ist vorbei?«

»Bist du schon besoffen, Max? Du redest doch sonst nicht so 'n Stuss.«

»Ich finde nur, dass jeder an etwas glauben sollte. Willst du eine Nase?«

Werner schüttelt den Kopf. »Ich saufe lieber. Davon wird man nicht so gaga! Wiedergeburt? Als Schwein oder was? Nein, Max, ohne mich! Ich muss pinkeln, willst du noch eine Pulle Bier?«

»Na klar!«

Nach ein paar Minuten kommt er zurück mit der Bildzeitung in der Hand.

»Wo hast du die denn her?«

»Die hat mir der Nachbar gerade gegeben. Er wollte von mir wissen, was an den Gerüchten dran ist.«

»An welchen Gerüchten?«

Werner liest mir den Artikel über Silberlocke vor, den Aufmacher auf Seite eins. Darin heißt es, unser fetter Häuptling würde ans Aufhören denken und wolle zum dritten Mal heiraten. »Meinst du, unsere Sendung wird bald abgesetzt?« Werner rückt näher.

»Woher soll ich das wissen? Frag doch Olga. Ich glaube, solange der Mann auf Seite eins steht und die Quoten stimmen, ist alles in Butter. Silberlocke braucht das Rampenlicht. Der ist süchtig.«

»Und wenn nicht? Was ist, wenn er lieber mit seiner Alten in der Toskana abhängt? Kohle hat der doch reichlich.«

»Glaube mir, der hört nicht auf, der braucht diesen Kick, ein Fernsehpromi zu sein. Hör dir doch an, wie sie hier alle auf ihn warten. Was interessiert dich das überhaupt? Uns kann es doch egal sein, wessen Neger wir sind. Das ist doch vollkommen egal, wer bei uns abkassiert, wir ziehen immer wieder die Arschkarte.«

»Was redest du denn für einen Scheiß? Hör auf zu koksen! Du schießt dir noch das Hirn weg.«

Kopfschüttelnd trinke ich mein Bier leer. »Werner, Werner! Du hast nichts begriffen. Spiel weiter Lotto, das ist besser für dich.«

Ich stehe auf und klopfe ihm auf die Schulter. »Ich muss los, Junge. Komm gut nach Hause.« Wir nehmen uns in die Arme.

Ich suche den Vater vom Knödel. Er wollte sowieso mit dem Traktor hinunter ins Dorf fahren und kann mich mitnehmen. Es geht hoch her, einer der Alten hat sein Akkordeon mitgebracht. Großvater Mader legt ohne Ende Fleisch auf den Grill. Im Haus riecht es nach frischem Brot. Frau Mader und der Knödel backen in der Küche Laugenbrezeln. Der Nachtisch ist längst fertig. Pflaumen- und Apfelkuchen mit Schlagsahne.

»Na, Knödel, wie schaut's aus?« Ich setzte mich auf die Holzbank.

Frau Mader gibt mir eine Tasse frischen Kaffee. »Wollen Sie ein Stück Apfeltorte mit geschlagenem Rahm?«

»Nein, vielen Dank! Ich kann nicht mehr.«

»Sie müssen mehr essen, so blass wie Sie ausschaun.«

Meine Kollegen johlen draußen herum, aber mir reicht es mit der Bergbauern-Idylle. Ich muss hier jetzt sofort weg.

Obwohl er voll wie eine Haubitze ist, klettert Bauer Mader noch auf den Traktor. Ich steige hinten auf, und problemlos schaukeln wir die Waldwege hinunter in den Ort und erreichen eine Viertelstunde später das Hotel. Wir verabschieden uns, ich checke im Hotel schnell aus und lasse mich von einem Taxi zum Bahnhof bringen.

Im Zug höre ich meine Mailbox ab. »Sie haben zwei neue Nachrichten.« Ramon ist drauf. Es ist Schluss mit seiner Freundin. Sie hat ihn betrogen. Ich hatte Recht, es gibt sie nicht, die Gnade des frühen Glücks. Ich muss ihm beistehen, keine Frau verlässt ungestraft den besten Freund. Ich wähle seine Nummer, aber er ist nicht erreichbar. Wahrscheinlich lässt er sich irgendwo im Friesenviertel vollaufen. Armer Ramon, er hat sie wirklich geliebt. Ich kenne nicht viele Männer, die ihre Frauen wirklich lieben.

Die zweite Nachricht stammt von Helga. Ich soll sie sofort zurückrufen.

»Max hier, was gibt's?«

»Ich wollte dir nur sagen, dass dein Vertrag auf jeden Fall verlängert wird. Das soll ich dir von Olga ausrichten.«

Noch vor ein paar Tagen war ich so gut wie abgeschrieben, und jetzt soll ich schon am Samstag, also morgen, in die Redaktion kommen, um die alten Recherchen von Maja durchzuackern. Für wie blöd halten die mich eigentlich?

»Ich kann nicht, bin auf dem Weg nach Tirol. Ich habe da eine wichtige Verabredung.«

»Auf dem Weg nach Tirol? Bist du noch zu retten? Wo sind die anderen? Was ist denn da los bei euch? Du musst auf jeden Fall am Samstag in der Redaktion sein, ist das klar?« Ich tue so, als sei die Verbindung schlecht und lege auf. Die Alte wird mich schon früh genug zu Gesicht bekommen.

Die Sonne scheint durch das Abteilfenster. Meine Augen brennen. Ich bin müde, aber um zu schlafen, bin ich viel zu überdreht. Auf der Zugtoilette sehe ich, wie bleich ich bin. Dabei wollte ich doch gut aussehen, wenn ich Trine treffe. Eine U-Bahn nach der anderen rast durch meinen Kopf. Ich schlage mit der flachen Hand immer wieder gegen meine Stirn und halte den Kopf unter das kalte Wasser. Es nützt nicht viel. Benommen kehre ich zurück in mein Abteil und will gerade das Koks aus der Jackentasche holen, als der Schaffner kommt. »Personalwechsel, bitte die Fahrscheine.«

Der Schaffner steht neben mir. Plötzlich bekomme ich Panik. Wo ist das Koks? Scheiße, eben hatte ich es doch noch. Ich taste meine Jacke ab, springe auf, und suche in allen Hosentaschen nach dem Beutelchen. »Scheiße, Scheiße, Scheiße. Wo ist das verdammte Zeug?«

»Zeigen Sie mir bitte den Fahrschein.«

Mit viel Mühe reiße ich mich zusammen, gebe ihm mein Portemonnaie, damit er das Geld für ein Ticket herausnehmen kann. Der Schaffner sieht mich irritiert an, tut aber, was ich sage.

Als er endlich verschwunden ist, krieche ich wie ein Hund auf dem Boden herum und schnüffel alles ab. Nach fünf Minuten finde ich den Beutel in der zerknüllten Zigarettenschachtel. Erleichtert lache ich auf und ziehe mir direkt die doppelte Ladung in die Nase. Der Rotz läuft mir den Rachen hinunter.

Ich schaue aus dem Fenster und fühle mich gleich besser. Langsam einatmen und ausatmen, immer mit der Ruhe. Plötzlich klingelt das Handy. Wieder ist es Helga. Ich schließe die Augen und lausche dem Rattern des Zuges.

»Hallo, unsere Verbindung war eben unterbrochen.« Helga klingt ernst: »Ich will, dass du morgen kommst. Wir müssen unbedingt die Liste von Majas Geschichten durchgehen. Einige sind schon in der Sendeplanung. Ich habe alles neu geordnet. Am besten ist, wenn du dich noch am Wochenende an den Hörer hängst. Kannst du mich verstehen?«

»Tut mir Leid. Ich fahre gerade durch ein Tunnelgebiet. Der Empfang ist sehr schlecht. Was sagst du?«

Ich habe wieder aufgelegt. Mach deinen Scheiß doch alleine! Ich stehe auf und kaufe mir im Zugbistro eine Zeitung, um mich etwas abzulenken. Ich setze mich an einen leeren Tisch, bin aber unfähig zu lesen. Die Buchstaben tanzen vor meinen Augen wie ein Haufen Ameisen in der Rush-Hour. Das Pin-up-Girl von Seite eins winkt mir aus einem Sonnenblumenfeld entgegen. Ich wüsste gern, was sie mir zu sagen hat, aber es hat keinen Sinn, ich lege die Zeitung beiseite. Das Herzrasen hat wieder angefangen, Angst steigt in mir hoch. Hoffentlich bekomme ich keinen Infarkt.

Zwei Stunden später rollen wir in den Bahnhof von St. Anton ein. Es ist zwanzig Uhr dreißig. Der Bahnsteig ist menschenleer. Wo ist Trine? Ich steige aus und gehe in die Bahnhofshalle hinein. Hat sie mich vergessen? Ich habe ihr doch auf die Mailbox gesprochen. Oder will die Kleine mir eins auswischen? Auf dem Bahnhofsvorplatz setze ich mich auf die Stufen und warte. Ich wühle in meinem Koffer und suche Josefs Telefonnummer.

»Hallo, Max.« Ich schaue auf. »Da bist du ja endlich. Wir haben schon auf dich gewartet.«

Ich stehe auf, sehe sie an und rücke mein Gesicht ganz an ihres. Sie riecht gut. »Bekomme ich einen Kuss von dir?«

»Du machst es dir zu einfach.«

»Ich weiß, Trine.« Ich küsse sie.

Trine ist ein wenig verstimmt und schaut mich prüfend an: »Wie siehst du eigentlich aus, Max? Bist du krank?«

»Seh ich wirklich so schlimm aus?«

»Kann man wohl sagen.«

Trine trägt einen langen Khakirock und darüber ein weißes, enges T-Shirt. Ich beobachte sie von der Seite. »Wollen wir hier noch ein Bier trinken?«

»Nein, lass uns lieber gleich zu Josef und Kati gehen. Kati hat extra für dich ein Abendessen gekocht, obwohl heute Bergretterball ist. Für zweiundzwanzig Uhr haben wir dort einen Tisch reserviert.« Trine lächelt.

»Ach, echt? Ich möchte eigentlich lieber mit dir alleine sein.« Trine antwortet nicht.

Wir erreichen das Haus der Hubers. Josef öffnet die Tür. »Ja, grüß dich, Max. Schön, dass du endlich da bist.« Er nimmt mir die Tasche ab und führt mich in die gute Stube. Seine kleine Tochter stürmt auf mich zu. »Hey, immer schön langsam, Prinzessin.«

»Hast du an das Autogramm gedacht. Du hast es mir schon letztes Jahr versprochen!«

»Nein, Mimi. Tut mir Leid, das habe ich vergessen.« Sie zieht eine Schnute und rennt zu ihrer Mutter in die Küche. Trine schaut mich nachdenklich an. Ich zucke mit den Achseln und begrüße Kati. »Das duftet ja fantastisch.«

Sie nimmt mich kurz in den Arm. »Geht ruhig rüber zu Josef. Ich deck derweil den Tisch.«

Ich begrüße Josef noch einmal herzlich und lasse mich erschöpft in einen Sessel fallen.

»Jetzt erzähl mal, Max! Was gibt's Neues?« Er stellt ein paar Gläser auf den Tisch. »Steht der Kölner Dom noch?«

Ich gieße mir ein Weizenbier ein und schaue in die Runde. »Der Dom ist mir im Moment so egal, Josef, das glaubst du gar nicht.«

Ich schließe die Augen und atme tief ein. Josef geht an

mir vorbei, klopft mir auf die Schulter und schließt hinter sich die Tür. Trine schaut mich an.

»Hast du nichts Besseres zu tun, als dich wieder in deinem Selbstmitleid zu suhlen? Kannst du dich nicht mal zusammenreißen?«

Wir schweigen uns an. Eine unangenehme Stille, aber ich weiß nicht, wie ich eine zwanglose Unterhaltung hinbekommen soll. Mein Kopf sitzt wie ein Betonklumpen auf meinen Schultern. Ich bin so zu!

Nach ein paar Minuten kommen Josef und Kati mit dampfenden Schüsseln herein.

»Was gibt's denn zu essen?«

»Schweinebraten mit Knödel!« Kati lächelt stolz.

Wir setzen uns an den Tisch. Kati lädt mir den Teller voll. Ich versuche sie zu bremsen, jedoch ohne Erfolg. »Du musst essen, Junge. Das wir dir gut tun. Mimi, kommst du endlich!«

Ich stochere auf meinem Teller rum. Alle beobachten mich.

»Max, wenn du so weiterlebst, dann ruinierst du deine Gesundheit.« Josef wendet sich mir zu, sorgenvoll blickt er mich an. »Du solltest mal ein bisschen länger hierbleiben und dich erholen.« Alle lächeln mich an.

»Ich will mich nicht erholen.«

Josef wendet sich hilfesuchend an Trine. »Was meinst du?«

»Der Max ist alt genug. Er wird schon wissen, was er macht.«

Der Schweinebraten schmeckt ekelhaft fettig. Ich bekomme kaum was runter. Ich schaue aus dem Fenster. Heute sind die Berge merkwürdig nah.

»Max, vielleicht kannst du ja beim ORF anfangen. Der Josef kennt dort ein paar Leute.«

»Ja, ja, Kati. Können die Berge eigentlich wandern? Die kommen doch näher, oder bin ich bescheuert?«

Alle schauen mich ungläubig an.

»Unsinn, die Berge sind da, wo sie immer waren.« Josef sieht aus dem Fenster und lacht.

»Siehst du! Nach dem Essen legst du dich mal hin, und wir wecken dich erst kurz bevor wir gehen.«

»Hört auf mit euren guten Ratschlägen, lasst mich hier einfach sitzen und in Ruhe was trinken. Ich will mit Trine reden und mit euch eine nette Zeit haben. Ist das möglich?«

Kati steht wortlos auf, und ich höre, dass sie das Haus verlässt. Trines Handy klingelt. Sie geht nach oben. Ich starre nach draußen. Die Berge sind wieder zurückgewichen. Ich trinke meinen Obstler leer. Josef beobachtet mich.

»Morgen früh bin ich weg.«

»Ich hoffe, du entschuldigst dich bei Kati.«

»Ja, sicher, Josef, tut mir Leid.«

Ich stehe auf und gehe ins Gästezimmer hoch. Aus Trines Schlafraum fällt Licht auf den Flur.

»Wer war das? Dein neuer Freund?«

»Max! Bleib draußen, ich bin nicht angezogen.«

»Darf ich nicht reinkommen?«

»Nein!«

»Hast du etwa Angst vor mir?«

»Du bist betrunken und auf Droge und so aggressiv … Das ist widerlich, Max!«

Ich gehe in mein Zimmer und lege mich aufs Bett. Die frischbezogenen Laken riechen gut. Das Bett ist gemütlich. Ich spüre, wie das Blut durch meinen Körper rauscht und wie mein Herz nach Luft schnappt. Ich stelle den Wecker und schlafe ein. Zwei Stunden später werde ich geweckt. Benommen stehe ich auf. Ich greife nach meinem Portemonnaie und dem Handy, verlasse das Haus und laufe ziellos durch die Gegend. Etwas oberhalb von

St. Anton setze ich mich auf eine Bank und ziehe noch etwas Koks. Ohne geht gar nichts mehr. Von fern höre ich Blasmusik. Nach einer halben Stunde laufe ich zurück, der Bergretterball im Gemeindesaal ist nicht zu verfehlen. Ich suche Josef oder Kati, kann aber niemanden entdecken. Ich bestelle eine Maß Bier und setze mich auf eine der Bänke. Dann entdecke ich Trine. Sie tanzt mit einem Typen. Ich nehme einen kräftigen Schluck. Sie legt ihre Arme um seinen Hals. Der Typ grapscht an ihr rum. Das ist zu viel, ich nehme den Bierkrug und gehe zu ihr.

Sie schaut mich mit glasigen Augen an. Sie ist besoffen. »Mir ist so schlecht!«

»Wovon?«

»Obstler.«

Ich nehme ihre Hand und will mit ihr raus. Der Typ will sie nicht gehen lassen. Ich schiebe ihn beiseite. Er wehrt sich, ich stoße ihn von mir weg und ziehe Trine ins Freie. Draußen übergibt sich Trine in ein Gebüsch neben dem Eingang. Mit einem Taschentuch wische ich ihr den Mund sauber.

Schwankend verschwindet Trine in Richtung Toiletten.

Plötzlich steht Trines Tanzpartner vor mir.

»Wo ist Trine? Du bist doch eben mit ihr rausgegangen!«

Er packt mich an den Schultern, aber ich stoße ihn weg und laufe auf den Parkplatz. Ich sehe, dass er einen Gegenstand nach mir wirft. Ich ducke mich und höre, wie eine Flasche knapp an meinem Kopf vorbeisaust und an einem Auto zerplatzt. Ich schnappe hektisch nach Luft. Der Schlüssel des Autos, an dem ich lehne, steckt im Zündschloss. Merkwürdig. Als der Kerl erneut auf mich losstürzt, springe ich, ohne weiter nachzudenken, ins Auto, starte und fahre mit Vollgas los. Ich habe Panik. Es sind zu viele Lichter, es ist zu hell. Es ist zu schnell.

Nach zwanzig Minuten habe ich die Autobahn erreicht. Meine Panik hat nachgelassen. Ich überlege, was ich tun kann. Bis über die Grenze reicht der Sprit noch. In Lindau werde ich den Zug nehmen.

In der Nähe des Bahnhofs von Lindau lasse ich die Karre stehen. Ich durchwühle das Handschuhfach, aber außer etwas Kleingeld finde ich nichts. Auf dem Rücksitz liegt eine Jacke. Auch hier kein Geld. Als ich den Deckel des Kofferraums hebe, sehe ich zwei Gewehre, ein paar Jagdmesser, eine Pistole und sogar ein paar Handschellen. Da habe ich ja ein feines Auto geklaut. Ich nehme die Handschellen und die silber-glänzende Pistole und verstaue sie in den Taschen meiner Jacke. Jetzt bin ich für alles vorbereitet, egal was passiert.

In zehn Minuten geht ein Zug. Ich kaufe ein Ticket und suche mir ein leeres Abteil. Nach einmaligem Umsteigen sitze ich vier Stunden später im IC nach Köln. Eine Stadt nach der anderen zieht in der Morgendämmerung vor meinen Augen vorbei, aber ich nehme sie kaum wahr, alles spielt sich wie in weiter Ferne ab. Irgendwann öffne ich das Fenster. Kalte Luft schlägt mir entgegen. Es ist Herbst, die Zeit des Abschieds, und in mir reift langsam ein Entschluss. Ich hole die Pistole hervor und schaue sie mir an. Das Magazin ist voll. Ich entferne die Patronen. Schwer liegen sie in meiner Hand. Drei stecke ich mir in die Tasche, die übrigen entsorge ich zwei Abteile weiter.

Endlich sehe ich den Dom. Wir fahren über die Eisenbahnbrücke. Am Signal hält er kurz an. Als Kind hatte ich immer Angst vor dieser Brücke. Hier ist es perfekt! Der Zug ruckt an. Wir fahren weiter. Es ist ein guter Platz!

SAMSTAG

Es ist halb elf, als ich meine Wohnung erreiche. Ich gehe ins Bad und stelle die Dusche an. Nach einer halben Stunde bin ich fertig. Ich stecke mir die Knarre hinten links in den Hosenbund und packe eine Rolle Klebeband in den Rucksack. Es ist kurz nach elf Uhr. Ich lege mir eine kräftige Line zum Frühstück, und schon geht es weiter. Auf dem Weg zum Wagen kaufe ich im Supermarkt Champagner, Bifis und zwei Gläser. Ich steige in meinen VW-Golf.

Fünfzehn Minuten später bin ich am Rhein. Ich will auf die Eisenbahnbrücke. Ich parke mein Auto und laufe los. In der Mitte der Brücke bleibe ich stehen und starre in die Tiefe. Der Wind bläst durch mein Haar.

Ein Intercity rauscht heran. Die Eisenbahnbrücke vibriert angenehm. Ein kleiner Sprung, und alles wäre vorbei. Ich klatsche in die Hände und johle dem vorbeirasenden Zug nach.

Den Rucksack mit meinem Watchman deponiere ich unter einer Verstrebung. Mittlerweile ist es halb zwölf. Ich muss noch einmal in die Redaktion. Auf der Rheinuferstraße ist Stau. Deshalb biege ich am Chlodwigplatz auf die Bonnerstraße ein und erreiche zwanzig Minuten später das Hauptgebäude der Redaktion. Ich parke meinen Golf direkt vor der Tür und stürme die Treppen hoch. Ich muss wissen, wann Silberlocke heute Aufzeichnung hat.

Laura kommt mir entgegen. In ihrem Blick liegt eine Mischung aus Vorwurf und Sorge. »Hey, Max! Wo warst du denn heute Morgen? Helga hat dir doch gesagt, dass wir Konferenz haben. Außerdem will dich Olga unbedingt sprechen.«

Lächelnd gebe ich ihr einen Kuss auf die Wange und flüstere ihr ins Ohr. »Schätzchen, es ist vorbei, verstehst du?« Verdattert schaut sie mir hinterher. Ich drehe mich um und lege den Zeigefinger auf meine Lippen.

Im Büro setze ich mich an meinen Rechner, lösche alle Dateien und checke, wann ich Silberlocke kriegen kann. O.k.! Um zwölf Uhr dreißig ist Showtime. Ich werde heute Silberlocke entführen. Das ist mein Plan – alles andere zählt nicht mehr.

Draußen scheint die Sonne, umso besser. Ich fahre in Richtung Hürth, zu den Fernsehstudios. Ich werde jetzt Ramon anrufen. Er klingt wie aus einer anderen Welt. »Hör zu, Ramon. Ich werde gleich unseren Moderator entführen und dazu brauche ich deine Hilfe.«

»Logisch«, meint er lachend, »aber ich kann gerade nicht. Meine Jeans sind noch im Trockner.«

»Ich meine es ernst. Ich ziehe heute eine große Nummer ab. Hast du verstanden?« Ramon atmet schwer.

»Ramon, mach dich locker, Mann! Dir wird nichts passieren, ich brauche dich nur als Mittelsmann. Silberlocke hat um zwölf Uhr dreißig Aufzeichnung für seinen Nachmittagstalk. Auf dem Parkplatz vor seiner TV-Firma fange ich ihn ab.« Ich verlasse die Luxemburgerstraße. »Danach bringe ich Silberlocke auf die Eisenbahnbrücke. Sobald wir da sind, rufe ich dich an. Dann gehst du zu den Bullen und sagst ihnen Bescheid, dass Mr. Silberlocke entführt wurde. O.k., Mann?«

»Scheiße, Max, nichts ist o.k.! Bist du total irre geworden?«

»Ramon, lass mich jetzt bloß nicht hängen! Ich war

noch nie so klar im Kopf wie heute, hast du das endlich begriffen?« Er antwortet nicht.

»Ramon«, schreie ich, »hast du das begriffen?«

»O.k., o.k., Mann. Alles in Ordnung. Alles im grünen Bereich. Bleib cool!«

Jetzt fühle ich mich etwas sicherer. Es bleiben mir noch zehn Minuten Zeit. Ich fahre am Pförtner vorbei und halte neben dem Chefparkplatz. In Davids Kokstüte ist immer noch was drin. Mithilfe meines letzten Geldscheins gelingt es mir, mich für Silberlocke in Form zu bringen.

Jetzt geht es gleich los. Wenn er ankommt, schleiche ich mich an sein Auto heran. Ich werde die Tür der Fahrerseite zukleben, dann zu ihm ins Auto steigen und zur Eisenbahnbrücke fahren. Mit mir bekommt das deutsche Fernsehen sein zweites, viel besseres Gladbeck. Das verspricht die höchsten Einschaltquoten, die Sender-Chefs werden begeistert sein.

Silberlocke biegt aufs Gelände ein. Er kann mich nicht erkennen, da ich mit dem Gesicht zu meinem Wagen stehe. Er kommt näher. Er hält an. Jetzt muss alles sehr schnell gehen. Silberlocke telefoniert, etwas Besseres kann mir nicht passieren.

Im Entengang schleiche ich zur Fahrertür. Ich mache das Klebeband fest, und schon sitzt Silberlocke in der Falle. Er hat aufgehört zu telefonieren. Ich richte mich auf. Langsam ziehe ich die Handschellen aus meinen Jeans. Mein T-Shirt klebt nass am Körper.

»Was soll die Scheiße?« Der Anchorman klopft gegen die Scheibe und stemmt sich gegen die Tür. Meine Hände zittern. Ich gehe um sein Auto herum. Jetzt bricht bei Silberlocke Hektik aus. Schnell versucht er, auf den Beifahrersitz zu klettern. Aber ich bin schneller und reiße mit einem Ruck die Tür auf.

»Was ist, du Idiot? Was hast du mit meiner Fahrertür gemacht? Die Karre ist nagelneu. Jetzt geh da weg und lass mich aussteigen.« Ich ziehe meine Knarre und drücke sie ihm an die Stirn. »Rück rüber und halt die Fresse, du Arschloch.«

Ich drücke ihn in seinen Sitz zurück. Blitzschnell habe ich die Handschellen genommen und unsere beiden Handgelenke miteinander verkettet. Sein rechter und mein linker Arm bilden jetzt eine Einheit. Silberlocke schwitzt wie ein Schwein. An seinen Augen sehe ich, dass er mich erkannt hat.

»Was hast du vor?« Seine Stimme ist heiser. Von der gewohnten Souveränität ist nichts zu spüren.

»Ich entführe dich gerade.« Meine Hände hören auf zu zittern. Ich bin jetzt sehr ruhig, fast gelassen.

»Du kannst mich nicht entführen. Ich muss sofort zur Aufzeichnung. Die Leute warten auf mich. Ich werde gebraucht.«

»Vergiss es! Heute zeichnest du nichts auf, heute machst du mit deinem neuen Freund einen Ausflug an den Rhein.«

Das Autotelefon klingelt. »Mach das Scheißhandy aus«, schreie ich ihn an und drücke wieder die Waffe gegen seinen Kopf. Er hat die Hosen gestrichen voll. Er stellt das Telefon aus.

»Gut. Fahr los!«

»Du wanderst in den Knast. Willst du das?«

»Fahr und lass das blöde Gequatsche.«

Er startet den Motor und setzt zurück. Ich nehme die Waffe von seiner Schläfe. »Mach keinen Fehler, du Arschloch, sonst knalle ich dich ab, hörst du? Gleich hier in deinem beschissenen nagelneuen BMW.«

Er fährt auf das Pförtnerhäuschen zu. Ich sag ihm, dass er die Scheibe auf der Fahrerseite runterlassen soll. Der Pförtner glotzt gerade *Die drei Damen vom Grill.* Ich hupe. Er versucht, die Schranke per Knopfdruck zu öffnen. Es scheint ihn nicht zu wundern, dass Silberlocke schon wieder fahren will. Die Schranke bleibt unten. »Was ist hier los? Das verdammte Ding soll hochgehen.« Silberlocke zittert am ganzen Körper.

»Was kann ich denn dafür, das sollte schon längst repariert sein.« Der Pförtner entschuldigt sich mehrmals, hektisch drückt er die Knöpfe. Ich hupe noch einmal. »Ja, ja, ich komme schon!«

»Wenn der Typ den Klebestreifen sieht, dann wird er Verdacht schöpfen.«

»Mach dir keine Hoffnungen«, sage ich zu Silberlocke. »Im Notfall treten wir anständig aufs Gas, kapiert?«

Ich winke dem Portier zu, der sich ungeschickt an der Schranke zu schaffen macht. Sie klemmt. Ich drücke noch einmal auf die Hupe. Endlich geht das verflixte Ding in die Höhe. Der Weg ist frei. Wir fahren an ihm vorbei. Silberlocke nickt kurz. Ich wusste, dass es klappt.

Wir biegen nach rechts ab, fahren über den Militärring auf die Rheinuferstraße, und steuern den Rheinauhafen an. Mein Handy klingelt. Ramon will wissen, ob ich schon in der Scheiße sitze oder ob es noch eine Möglichkeit gibt, mich von meinem Wahnsinn abzubringen. »Es ist schon längst passiert, entspann dich, Bruder. Stehst du noch zu deinem Wort?«

»Ja, verdammt. Du bist total verrückt, Max! Bring den Typen bloß nicht um, sonst kommst du nie mehr aus dem Knast raus.«

Ich höre, wie er hektisch in seiner Wohnung auf und ab geht. »Wir werden sehen, was passiert. Du weißt noch, was du zu tun hast?«

»Klar, Mann! Ich gehe gleich, wenn du mich anrufst, zu den Bullen. Ich sage denen, dass ich dein Mittelsmann bin. Ist das o.k. so?«

»Richtig, Partner! Also warte, bis ich anrufe.«

Ich lege auf. Wir müssen so dicht wie möglich an die Eisenbahnbrücke heranfahren. Ich stelle mir vor, was jetzt im Studio los ist. Wahrscheinlich vermissen sie ihn schon.

Silberlocke spricht nicht viel. Er stellt den Wagen ab. Weit und breit kein Mensch in Sicht. Was für ein Glück. Wir gehen los. »Was willst du eigentlich damit erreichen, Max? Lass mich frei, und ich verspreche dir, dass ich keinem davon erzählen werde. Ich werde sagen, dass ich verpennt habe oder so.«

»Vergiss es, jetzt gibt es kein Zurück mehr.«

Endlich sind wir da. Von hier aus kann ich beide Seiten beobachten. »So, Meister, die Hauptarbeit ist getan. Gleich werde ich meinen Mittelsmann anrufen, der die Bullen auf unsere Fährte hetzen wird.«

»Bist du noch zu retten, Max?«

»Im Gegenteil, mein Freund, im Gegenteil.«

Auf der Brücke ist es ruhig. Außer einer alten Frau, die sich langsam nähert, ist niemand zu sehen. Ich beobachte die Alte. Sie muss verschwinden. »An was denkst du? Willst du die auch erschießen?«

»Vielleicht.«

Die Oma hat uns erreicht, sie ist nicht allein. An der Leine hat sie einen alten Rauhaardackel. Ihr Blick wandert aufgeregt zwischen Silberlocke und mir hin und her.

»Sind Sie datt? Ich kenne Sie doch aus dem Fernsehen. Mein seliger Mann hat immer für sie geschwärmt. Ach is datt schön!« Sie zerrt ihren Hund heran.

»Pucki, datt ist der Mann vom Fernsehen, den wir immer so gerne gucken.« Pucki hechelt.

»Wie schön! Machen Sie Urlaub? Kommt denn heute nicht Ihre Sendung?«

Silberlocke guckt weg, ich zeige ihr meine Pistole. »Hör zu, Oma! Entweder du haust jetzt ab, oder ich brenne deinem Pucki ein Loch in den Pelz. Capito?«

Das wirkt. Sie dreht sich um und humpelt um ihr und Puckis Leben. Es ist eine Szene wie von Monty Python.

Silberlocke fängt an zu lachen. »Das ist wohl die absurdeste Scheiße, die ich jemals erlebt habe. Macht ihr hier einen Dreh für die *Die Versteckte Kamera* oder was? Das war doch eine Schauspielerin, oder?«

»Halts Maul, ich muss telefonieren.« Ich rufe wieder Ramon an, er ist sofort am Apparat: »Das Spiel läuft, du kannst zu den Bullen gehen!«

Silberlocke schüttelt den Kopf und fragt mich: »Warum entführst du mich? Erklär es mir.«

»Das wirst du noch früh genug erfahren.«

Er dreht sich um und schaut über die Schiffe hinweg. Ich ziehe mir noch eine Line hoch, damit ich ja nicht schlapp mache. Silberlocke fängt schon wieder an zu reden.

»Als Kind«, sagt er, »bin ich mal zur Lorelei gefahren. Es war brüllend heiß, und meine Mutter hatte mich in ein viel zu enges Hemd gequetscht.«

»Erzähl ruhig weiter, ich mag schöne Geschichten.«

»Auf der Rückfahrt ist mein Klassenkamerad Bernd Schmitz in den Rhein gefallen.«

»Ist er abgesoffen?«

»Er ist nie wieder aufgetaucht.«

Ich prüfe den Schampus. Er ist kalt. Ich zeige ihm die Flasche. »Die trinken wir gleich auf den seligen Bernd.«

Mein Handy klingelt. Es ist Ramon. Er steht vor dem Polizeipräsidium. »Ich kann da irgendwie nicht reingehen. Hast du Silberlocke wirklich entführt? Ich meine, vielleicht ist das nur ein oberbeschissener Scherz von dir!«

Ich gebe Silberlocke den Apparat. »Hallo, wer ist da?«

»Ramon.«

»Hör zu, Ramon! Max hat mich entführt. Und wenn ihr beiden auch nur ein bisschen …«

Ich reiße ihm das Telefon aus der Hand. »Hey, Ramon, entspann dich, du hast heute noch einen sehr langen Tag vor dir.«

Ich lege auf. Silberlocke lehnt sich mit dem Kopf an einen Pfeiler. Er sieht erschöpft aus. »Brauchst du Geld, Max? Wenn es das ist, ich hab Geld. Ich gebe dir, was du brauchst.«

»Mit Spendenquittung, oder was?«

»Was willst du mit dieser Entführung erreichen, bei der du auch noch selbst die Bullen alarmierst? Das ist doch gestört.«

»O Alter! Du machst mich krank. Deine Neugierde geht mir höllisch auf die Nerven. Erzähl lieber noch eine nette Geschichte, sonst ...«

Das Handy klingelt wieder. Es ist noch mal Ramon: »Die Bullen wollten mir zuerst gar nicht glauben. Die dachten, ich sei völlig durchgeknallt.«

»Ja, ja, ist gut! Und weiter?«

»Erst als eine alte Frau anrief und erzählte, dass sie Silberlocke auf der Eisenbahnbrücke gesehen habe und ihr Hund fast erschossen worden wäre, setzten die Polizisten eine Streife in Bewegung.«

»Gut gemacht, Ramon. Bis später. Dann geht die Party ja bald richtig los.«

»Wieso sitze ich hier auf dieser beschissenen Brücke und werde von einem Junkie bedroht? Was soll das alles? Wach auf, Junge! Hau ab, bevor es endgültig zu spät ist. So etwas zahlt sich nicht aus!«

Silberlocke sieht mich eindringlich an. Endlich hat er wirklich begriffen, dass das hier auch keine verschärfte Version von *Die Versteckte Kamera* ist.

»Weißt du, hier ist alles live. So eine Art interaktives Katz-und-Maus-Spiel. Keiner weiß, was als Nächstes passieren wird. Ich finde das geil. Deshalb sind wir zusammen hier. Gottschalk wäre mir lieber gewesen, aber du warst der Einzige, den ich für diese Nummer bekommen konnte. Du musst das nicht persönlich nehmen.«

Es ist soweit, die Bullen sind da. Von rechts sehe ich einen Streifenwagen kommen. Der Wagen hält vor der Brücke. Die beiden Polizisten steigen aus.

Silberlocke rutscht neben mir unruhig hin und her. Ich ziehe meine Waffe und drücke zweimal ab. Die beiden Polizisten springen hinter einen Pfeiler. Jetzt habe ich nur noch eine Kugel im Lauf. »Los, ihr Trantüten, kommt in die Gänge!«

Es kommen noch mehr Polizeiwagen angefahren. Das Spektakel wird allmählich perfekt. Die Umgebung wird abgesperrt.

»Junge, jetzt hast du verloren.« Silberlocke schaut mich mitleidig an.

»Ich weiß. Aber das ziehen wir jetzt durch. Hier, du darfst deine Frau anrufen.« Ich reiche ihm mein Handy. Er erzählt ihr, dass ich ihn entführt habe. Silberlocke muss sie beruhigen. Seine Hand zittert, als er mir das Handy zurückgibt.

Währenddessen beobachte ich die Lage. Zu beiden Seiten ist die Brücke jetzt abgesperrt.

»Das gibt auch für dich eine gute Presse, Silberlocke.« Von ferne höre ich das Schlagen der Rotorblätter, die Hubschrauber nähern sich der Brücke.

»Ich würde lieber in Ruhe gelassen werden.«

»Alles hat seinen Preis, was soll das Gejammer?«

»Der Preis ist aber verdammt hoch. Wenn ich auf die Toilette gehe, möchte ich die Tür hinter mir zumachen können. Aber alle wollen wissen, welche Farbe meine Scheiße hat. Jetzt zieht mich ein mieser kleiner Redaktionsfuzzi auf eine Brücke, ballert in die Luft … Max, ich will einfach nur nach Hause, lass mich gehen.«

»Wir machen hier gleich Reality-TV vom Feinsten. Soll ich jetzt Mitleid mit dir haben? Hör mal lieber den Bullen zu!«

Über Lautsprecher kommt die Aufforderung: »Werfen

Sie sofort Ihre Waffe weg! Sie sind umstellt, Sie haben keine Chance! Geben Sie auf.«

Ich rufe Ramon an. »Komm zur Eisenbahnbrücke. Ich will, dass du mit den Bullen verhandelst.«

Ein D-Zug nähert sich. Die Reisenden glotzen neugierig aus ihren Abteilen. Unten auf dem Rhein ist die Hölle los. Die Polizei hat den Schiffsverkehr lahmgelegt. An beiden Seiten des Flusses stauen sich die Schiffe. Die Bullen bringen ihre Taucher an den Brückenpfeilern in Stellung. Ich zähle fünf Polizeiboote, die stromaufwärts in Position gehen. Ich wühle in meinem Rucksack herum und hole meinen Watchman heraus. Mit etwas Mühe habe ich schließlich BML eingestellt. Sie berichten noch nicht von mir. Das muss schneller gehen, ihr miesen Medienratten!

Oh, verdammt, so viele Polizisten wie heute habe ich noch nicht einmal im *Tatort* auf einem Haufen gesehen. Die Scharfschützen rücken an. Mein Herz rast. Ich denke, sie werden mir nichts tun, solange ich mit Silberlocke zusammengekettet bin. Gegen meine plötzliche Polizeidepression hilft nur eine Nase.

Ein paar Minuten später habe ich wieder alles im Griff. Außerdem nähert sich ein Heli von BML. Ein Kameramann hängt sich ziemlich weit heraus, um uns beide auf der Brücke zu filmen. Ich schalte den Watchman wieder ein. Tatsächlich, Herr Klapproth persönlich moderiert die Bilder aus dem Heli. Ich winke dem Bildermann zu. Geil, ich kann alles gleichzeitig auf meinem Fernseher verfolgen.

Ramon muss an der Brücke eingetroffen sein, da ich die Bullen am Apparat habe. Eine ruhige Stimme spricht auf mich ein und will mich in ein Gespräch verwickeln. Ein ruhiges Gespräch ist o.k., das ist für uns alle gut. Aber was haben die vor? Nervös blicke ich mich um. »Die haben doch was vor, da bin ich mir sicher.«

Wieder nähert sich ein Zug. Langsamer als eben kommt er auf uns zugerollt. »Ich verstehe das nicht. Die blockieren den ganzen Schiffsverkehr, aber Züge dürfen durch. Was meinst du?«

Silberlocke sagt nichts, er schaut in Richtung des Zuges.

Das Verhandlungskommando ist noch in der Leitung. Die Stimme redet ohne Unterlass. Das SEK verhält sich ruhig, es ist auch kein Hubschrauber mehr zu sehen. »An deiner Stelle wäre ich vorsichtig«, sagt Silberlocke plötzlich. »Ich hatte mal so SEK-Typen bei mir in der Sendung. Die können sich unter den Zug hängen, um so einen raschen Zugriff zu starten.«

Ich schaue ihn entsetzt an. »Scheiße. Du hast Recht. Warum sonst soll so ein beschissener Zug hier vorbeifahren?« Ich brülle den Verhandlungstypen am Telefon an. »Verpisst euch! Ich will, dass der Zug sofort anhält und rückwärts wieder abhaut.«

Der Bulle will mich ablenken. Er sagt, dass ein Reisezug nicht rückwärts fahren kann. Immer näher ruckelt die Lokomotive auf uns zu. Der Zug ist keine fünfzig Meter mehr entfernt. Meine Stimme überschlägt sich fast. »Hör zu, du Arschloch: Entweder die Bimmelbahn haut ab oder ich knipse Silberlocke sofort das Licht aus! Willst du das verantworten? Willst du das, du dreckiger Bullenarsch?«

Der Zug rollt weiter. Ich nehme die Pistole und schiebe sie Silberlocke in den Mund. Mit der anderen Hand hatte ich das Handy fest. Ich höre ein Klicken in der Leitung. Die Lok kommt langsam zum Stehen. Wie in Zeitlupe beginnt sie, langsam zurückzurollen.

»Das war der letzte Zug, der sich uns genähert hat. So viel ist sicher.« Ich wische mir den Schweiß von der Stirn. »Hey, Mann, du hast mir ja richtig geholfen, warum machst du das?«

»Ich wollte nicht, dass sie dich abknallen, schließlich hänge ich noch immer an deiner Kette. Wenn's dumm läuft, ziehst du mich noch in den Rhein.« Er grinst mich an. So langsam scheint ihm die Sache Spaß zu machen.

Die Hubschrauber sind in Position. Wie fette Hummeln kreisen sie am Himmel. Fernsehteams sind damit beschäftigt, Übertragungswagen aufzustellen, Leitungen zu legen und sich die besten Plätze für die Moderationen zu sichern. Live von der Entführung!

Auf dem Watchmann wird nur noch über uns berichtet. »Hey, gerade läuft ein Bericht über deine Kindheit, obwohl du noch gar nicht tot bist.« Silberlocke schaut interessiert zu. Als Nächstes senden sie ein Interview mit dem BML-Chef, der Silberlocke in den höchsten Tönen lobt und bekannt gibt, dass er für eine große Samstagabendshow vorgesehen ist.

»Wusstest du davon?« Ich fummle an der Antenne rum.

»Nein, das ist mir neu. Aber eine Samstagabendshow wollte ich schon immer machen.«

»Mein Gott, was für ein Geschleime.«

Unablässig treten Promis vor die Kamera und bitten mich aufzugeben. Alle BML-Größen sind am Start.

»Wen wollen die eigentlich retten: dich oder die Quote?«

»Blöde Frage, die Quote natürlich. Nicht umsonst wurde viel Zeit und Geld in mich investiert. Und ausgerechnet jetzt, wo ich eine sichere Bank bin, kommt so ein Irrer wie du daher und schießt mich vielleicht über den Haufen. Das ist bitter für den Sender.« Ich bewundere seinen Galgenhumor.

Die Bullen bieten mir Geld und ein Fluchtauto an. Beides lehne ich ab. Danach meldet sich wieder Ramon. Er erzählt, dass er ein Interview nach dem anderen geben muss und die Entführung ein Massenspektakel geworden ist. »Die ersten Pommesbuden und Bierwagen rollen an. Junge, die Geschäfte laufen gut.«

Bald wird es dunkel. Die Bullen spielen auf Zeit. Sie hoffen bestimmt, dass ich bald müde werde. Bevor es Nacht wird, muss ich den Spuk beenden. In der Dunkelheit habe ich keine Chancen gegen die Polizei. Dann wird der Zugriff gelingen.

Ich habe ein paar Bifis aus dem Rucksack geholt. Gemeinsam beobachten wir das bunte Treiben der Journalisten. Immer wieder fliegen BML-Helis über uns hinweg, um aktuelle Bilder zu schießen.

»Was willst du jetzt noch machen, Max? Ich glaube, dass dir ganz Deutschland zuschaut. So einen Auflauf hat es noch nie gegeben. Ist es das, was du wolltest?«

»Ja, fast. Was noch fehlt ist, dass Simone Schmidt in einem pinken Hasenkostüm *Intensiv* moderiert!«

»Drehst du jetzt völlig durch, oder hat die Schmidt dir was getan?«

»Nein.«

Auf einmal fängt Silberlocke gehässig an zu lachen.

»Ehrlich gesagt, finde ich deine Idee gar nicht so übel, Max. Warum eigentlich nicht? Rosa steht der Lady bestimmt. Aber sag mir trotzdem, warum die Schmidt, wie kommst du gerade auf die?«

»Sie ist eine vom Typ ›Gummipuppe als Moderatorin‹, die in Ballermann-Manier auch noch aus verstümmelten Kinderleichen eine geile Sensation macht. Sie hat dieses selbstgefällige, immer gleiche Lächeln im Gesicht, bis in den Sarg wird das auf ihrem Gesicht zu sehen sein. Du weißt, wovon ich rede. Und da sie sich so perfekt auf jede Situation einstellen kann, wird es ihr wohl auch nicht sonderlich schwer fallen, ein Hasenkostüm anzuziehen.«

»Das wird sie niemals machen.«

»Dann werde ich dich erschießen müssen. Genau das

werde ich den Bullen jetzt sagen.« Ich wähle die Nummer des Einsatzleiters und nenne dem Bullenchef meine Forderung. Ruhig und monoton wiederholt er: »Simone Schmidt soll *Intensiv* im Hasenkostüm moderieren.« Die Jungs haben Routine. Das sind die, die wirklich nichts mehr verblüfft. Er vertröstet mich auf später. Die Polizisten müssen sich erst beraten.

Ich hole den Champagner aus dem Rucksack und wähle erneut die Nummer des Einsatzleiters. »In den nächsten zwanzig Minuten möchten wir nicht gestört werden. Wir trinken Champagner und quatschen ein bisschen.« Ich fordere ihn auf, mir Ramon zu geben.

»Hör gut zu, mein Freund. Ich trinke auf dich und deinen Mut. Ich will, dass du die Schmidt anrufst und ihr absolut klarmachst, dass ich sie um neunzehn Uhr fünfzehn in einem pinken Hasenkostüm auf dem Bildschirm sehen will. Wenn nicht, trägt sie die Verantwortung dafür, was passiert. Mach deine Sache gut.« Ich gebe ihm noch ein paar Instruktionen und lege auf.

Ich zappe etwas rum. Auf SAT 1 läuft gerade ein Feature über mich. Die Reporter haben David am Mikrophon. Dieses Arschloch erzählt der Presse doch allen Ernstes, dass ich schon früher extrem unberechenbar und gewalttätig war und meine Freundin geschlagen hätte. Er meint, das käme daher, dass meine Eltern sehr früh in meinem Leben bei einem Autounfall umgekommen wären. Ich glaub, ich spinne. Gleich werden sie also Nadja vor die Kamera zerren, das kann nicht mehr lange dauern. »Erzähl ihnen doch lieber von deinem verfickten Vater und dass in der rechten Schublade deines Sekretärs die Päckchen mit dem Koks liegen, du Wichser!« Wütend schalte ich wieder auf BML.

»Hast du keine Geschwister oder Verwandten?« Silberlocke sieht mich nachdenklich an. Er trinkt den Champagner in großen Zügen.

»Lass es gut sein, Silberlocke, sauf lieber den Schampus, das ist besser, das tut uns gut.«

»Was würdest du am liebsten machen, wenn du einen Wunsch frei hättest, Max? Sag doch mal.«

»Ich würde mir einen Beam nach Kalifornien bestellen. Ich säße da jetzt am Strand, und mir ginge es verdammt gut.«

Silberlocke schaut mich nachdenklich an, nimmt sein Glas und prostet mir lächelnd zu. »Geh zu den Bullen und gib auf. Nach ein paar Jahren kommst du raus, und dann fängst du von vorne an.«

»Das ist Scheiße, Mann. So funktioniert das nicht. Ich werde hier auf der Brücke bleiben. Und wenn die Schmidt in Pink erscheint, werden wir sehen, was passiert.«

Ich habe uns Zigaretten angezündet, für mich gibt es noch eine gute letzte Prise, und dann ist das Koks alte.

Das Handy klingelt. Die Bullen wollen auf die Bedingung eingehen, aber nur dann, wenn ich Silberlocke losmache.

»Mensch, Silberlöckchen, was sollen wir jetzt machen?«

»Du musst die Situation für die Bullen weiter verschärfen. Ich trau den Typen nicht. Nur solange wir noch zusammen sind, werden die nicht schießen.«

»Warum hilfst du mir eigentlich die ganze Zeit? Würdest du für die Schmidt ein Hasenkostüm anziehen? Du findest die Idee doch auch gut. Die Alte steht vor zehn Millionen Zuschauern im Hasenkostüm mit großen Ohren da. Tolle Quote, und bei jedem wird sich dieses Bild ins Hirn fressen. Immer wenn die Schmidt auf dem Sender ist, werden die Zuschauer einen Hasen sehen.«

Zwei Fernsehhelikopter stehen in der Luft und filmen uns. Der Lärm ist mir zu viel. Ich schieße einfach in ihre Richtung. Scheiße, das war die letzte Kugel im Magazin.

Die Hubschrauber drehen sofort ab. Bei diesem Manöver stürzt eine Kamera in die Tiefe und platscht in den Rhein. Silberlocke starrt mich an. »Junge, übertreib es nicht.«

»Ich werde Ramon anrufen und ihn fragen, wie weit er mit der Schmidt ist.« Ich lehne mich mit dem Rücken an einen Pfeiler und schiebe Silberlocke den Lauf der Pistole wieder in den Mund. »Kommt nur, ihr Schweine. Kommt endlich und holt euch die Moderatorenleiche ab! Na, wo bleibt ihr Schweine denn? Habt ihr euch vielleicht in die Hosen gepisst?«, schreie ich ins Telefon.

Dann habe ich Ramon wieder in der Leitung. Er ist bei BML. »Die Schmidt weigert sich, das Kostüm anzuziehen. Die ganze Chefetage ist in ihrer Garderobe versammelt. Sie halten Kriegsrat. Der Oberboss will mit Silberlocke reden.«

»Geht nicht, sag ihm das!«

Stille.

»O.k., er will mit dir verhandeln.«

»Guten Abend, Herr Wiener. Wie ist die Quote?«

»Das spielt doch jetzt keine Rolle. Geben Sie auf. Sie haben keine Chance!«

»Hör zu, du Arschloch. Das hier ist meine Show, und ich will die Alte auf dem Schirm haben. Beweg deinen Arsch, sonst hast du eine freie Stelle zu vergeben! Schluss und Ende!«

Das war mein letztes Telefonat. Der Akku ist leer. Die Brücke ist inzwischen komplett ausgeleuchtet. Ich hebe meinen Arm und halte das Handy hoch. Ich zeige es den Bullen. Es ist gleich neunzehn Uhr. Ich lasse es in den Rhein fallen.

»Die Schmidt hat es in der Hand. Wir verhandeln nicht mehr.«

Ich stelle den Watchman auf leise.

»Silberlocke, wir sind im Finale. Du wolltest wissen,

warum ich dich entführt habe? Alle großen Menschen haben etwas Wunderbares vollbracht. Sie haben uns Amerika, den Mond und den Frieden geschenkt. Man muss einfach etwas tun, verstehst du? Egal, wie ich aus dieser Nummer rauskomme, ich werde zu Lebzeiten nie mehr eine kleine Fernsehland-Nutte sein. Und heute bin ich der König von Fernsehland.«

Im Watchman ertönt die Erkennungsmelodie von *Intensiv.* Silberlocke schnauft schwer durch die Nase. Ich halte ihm den Apparat so hin, dass er alles mitbekommt. »Wollen wir doch mal sehen, ob die Schmidt ein bisschen was von dem hat, was du zum Überleben brauchst.«

Die Bullen setzen uns perfekt in Szene. Ein Lichtkegel hat uns beide erfasst. Mehrere Hubschrauber stehen in der Luft. Ich höre das Surren der Rotoren. Am Ufer ist eine Riesenleinwand aufgebaut worden.

»Hey, Silberlocke, das ist ja besser als bei der WM. Geil! Geil! Es ist so geil!« Ich schreie wie von Sinnen. Das ist mein Triumph. Ich habe es geschafft.

Silberlocke starrt mich entsetzt an.

»Die Werbung ist gleich vorbei. Das war nur der Trailer.« Silberlocke schwitzt. Ihm läuft die Brühe am ganzen Körper hinunter.

»Bereust du, dass du mir geholfen hast?« Er schüttelt den Kopf.

»Du arme Sau hattest doch gar keine andere Wahl.«

Ich deute auf die Handschellen. Er zuckt nur mit den Schultern. *Intensiv* beginnt.

Er hat Tränen in den Augen. Vom Rheinufer erhebt sich ein Gejohle, als ob ein Tor gefallen sei.

Intensiv wird in seiner langen Geschichte zum ersten Mal von einem Hasen moderiert. Mit hochrotem Kopf steht die Schmidt vor der Kamera. »Nicht so locker wie sonst, die Gute.« Ich könnte mich totlachen! Ein Hase moderiert und berichtet von mir!

Ich nehme die Pistole aus Silberlockes Mund und schalte meinen Watchman aus. Ich packe ihn in den Rucksack und lasse alles in den Rhein fallen.

Über Lautsprecher werde ich unmissverständlich zum letzten Mal aufgefordert, meine Geisel freizulassen. Ich hole den Schlüssel für die Handschellen aus meiner Jacke.

»Was machst du jetzt?« Silberlocke schaut mich müde an.

»Ich lasse dich gehen. Ich glaube, das hast du dir verdient. Geh einen saufen! Geh feiern. Und denk mal an mich.«

Ich schließe ihn los. Wieder hebe ich die Hand. Ich zeige den Polizisten die Handschellen. Auch sie fallen in den Rhein. Erneut werde ich aufgefordert, die Waffe wegzuwerfen. Ich schüttet den Kopf.

»Los, Mann. Geh nach Hause!«

»Ich gehe nicht ohne dich. Das ist doch Scheiße. Ich weiß genau, was die vorhaben. Die schießen dich über den Haufen.« Er reicht mir die Hand.

»Hau ab, Silberlocke. Ich bin der Entführer, hast du das vergessen? Geh nach Hause. Los, verpiss dich! Das hier ist nicht Hollywood. Wir müssen jetzt keine Freunde sein. Leg dich zu Hause hin oder fahr in Urlaub, nur geh jetzt. Geh!«

Langsam dreht sich Silberlocke um, und vorsichtig stapft er los. Der Himmel über Köln erstrahlt im Lichtermeer der Scheinwerfer. Die Lichtkegel der Hubschrauber haben sich auf Silberlocke und mich konzentriert. Er geht auf die Sicherheitskräfte zu. Er ist ungefähr fünfundzwanzig Meter von mir entfernt. Ich wische mir die Tränen mit den Ärmeln meiner Jacke ab.

»Silberlocke, bleib noch mal stehen.«

Er bleibt stehen und dreht sich um. Wir schauen uns in die Augen. Ich hebe die Waffe und ziele auf seinen Kopf.

»Weißt du, was ich dir schon die ganze Zeit sagen wollte?« Silberlocke ist in die Knie gesunken. Er hält sich die Hände vors Gesicht. Im Scheinwerferlicht der Hubschrauber wirkt mein Schatten groß und bedrohlich.

»Ich wollte dir nur sagen, dass deine Angst völlig unberechtigt war. Das Magazin ist längst leer. Ich hatte nur drei Schuss, aber das konntet ihr alle nicht wissen.«

Ich ziehe den Hebel nach hinten. Das letzte, was ich höre, ist ein dumpfer Knall und mein eigener Schrei. Ich sinke in die Knie, schmecke Blut auf meinen Lippen, lasse die Waffe fallen. Ich wanke. Ich kippe zur Seite und stürze von der Eisenbahnbrücke. Die Massen vor der Videoleinwand jubeln.

BLEIBEN SIE DRAN. GLEICH GEHT ES WEITER.

»Bringt ihn sofort zum Ufer. Den Notarzt, verdammt, wo ist der Notarzt? Und alarmiert den Rettungshubschrauber. Er soll sofort auf der Rheinwiese landen.«

Wie gebannt verfolgen Tausende von Menschen die Livemoderation von BML. *Intensiv* ist abgebrochen worden. Thomas Klapproth hat sich durch Sanitäter und Polizeibeamte vorgekämpft und berichtet aus dem Intensivmobil: »Dr. Prock, Sie sind der leitende Notarzt hier auf dieser rollenden Intensivstation. In wenigen Augenblicken wird der junge Mann eintreffen. Die Taucher haben ihn gerade aus dem Wasser gezogen. Was sind Ihre ersten Maßnahmen?«

»Nun, so viel ich vom SEK weiß, hat der Rettungsschuss den Kopf des Mannes getroffen. Mehr kann ich ihnen erst nach der Diagnose sagen.«

»Vielen Dank, bis später. Die Ereignisse sind in ihrer Dramatik nicht mehr zu überbieten. Nach einer kleinen Unterbrechung werden wir sehen, ob der ›Irre von der Eisenbahnbrücke‹ das blutige Entführungsdrama überlebt hat.«

Danach: Werbung für Bier, Zahnpasta, Geländewagen und Slipeinlagen.

»Da sind wir wieder, liebe Zuschauer. Hier spielt sich ein menschliches Drama ab. Der Attentäter ist vor wenigen Minuten aus dem Wasser gezogen worden. Ich sehe DRK-Sanitäter, die mit ihm auf der Trage zum Intensivmobil laufen.«

Hysterisch hetzt Thomas Klapproth sein Kamerateam auf die Retter. »Los! Drauf jetzt! Aufs Gesicht! Ich will ihn nah! Close! Close!« Aufgeregt läuft das Team neben den Sanis vom Roten Kreuz her. Vor der Intensivstation hat sich eine Journalistenfront aufgebaut. Alle bekannten Sender sind vertreten.

»Puls? Herzschlag? Defibrillator vorbereiten. Der sackt mir weg. Spritze, Flüssigkeit. Achtung! Schuss.«

Der Körper bäumt sich auf. Die Kameras starren auf die vermeintliche Leiche.

»Schuss.« Aufbäumen.

»Verdammtes Arschloch! Jetzt atme endlich. Du stirbst mir nicht weg, nicht vor laufender Kamera.« Der Notarzt schlägt mit der Faust auf den Brustkorb.

»Warum machen Sie das?« Die Ante 5-Frau hält dem Notarzt das Mikro unter die Nase.

»Kammerflimmern. Der Muskel muss wieder einheitlich pumpen. Der Schlag bewirkt eine starke Kontraktion.«

»Er ist so bleich. So tot.«

»Schuss! Komm jetzt! Noch mal! Scheiße, wir brechen dem noch alle Rippen. Schuss!«

Der Piepton auf dem Überwachungsmonitor reißt alle aus der Atemlosigkeit. »Endlich, wir haben ihn wieder. Infusionen! O.k., das war's. Fertigmachen zum Abtransport.«

Sofort stellt sich Thomas Klapproth vor die laufende Kamera.

»Bitte, Dr. Prock. Die Zuschauer von EML wollen wissen, wie es ihm geht. Hat er eine Chance?«

»Er lebt. Das ist das Wichtigste. Alles andere wird sich im Krankenhaus zeigen. Zumindest hat er die erste Krise überstanden. Der Hubschrauber wird ihn sofort in die Klinik fliegen.«

»Vielen Dank, Doktor. Ich gebe kurz raus zu meinem Kollegen Florian Kamm. Florian, wie sind die Reaktionen der Menschen auf diese dramatische Rettung?«

»Ganz unterschiedlich, Thomas. Einige Zuschauer waren der Ansicht, dass so ein Verbrecher erschossen werden muss. Wer so kaltblütig eine Entführung durchzieht, der hat kein Recht auf Gnade. Die meisten Augenzeugen allerdings zitterten förmlich um sein Leben. Besonders natürlich beim Versuch der Wiederbelebung. Hier neben mir steht ein Zuschauer, der Max Hausmann unbedingt noch eine Botschaft zukommen lassen möchte«:

»Max, gut gemacht. Lieber tot als arbeitslos!«

»Das waren unsere ersten Eindrücke nach der dramatischen Rettung. Zurück zu dir, Thomas, ins Intensivmobil.«

»Danke, Florian. Nach der Werbung sehen wir, wie Max Hausmann in die Klinik geflogen wird. Bis später.«

Diesmal folgen Spots für Kosmetik, Joghurt, Hamburger und noch einmal für den Geländewagen. Danach macht BML eine stimmungsvolle Abmoderation vor dem startenden Heli: »Alles weitere erfahren Sie exklusiv in unserem Nachtjournal. Tobias Schulze wird Sie über den ›Irren von der Eisenbahnbrücke‹, wie er hier von den Zuschauern genannt wird, auf dem Laufenden halten. Machen Sie es gut, wo immer Sie uns zugeschaut haben.«

Die Lichter der Kameras gehen aus.

»Warum muss der Idiot gerade heute Silberlocke

entführen? Ich wollte mit meiner Frau in die Oper gehen. Hochzeitstag!« Ein Kameramann hat ein Problem.

»Dann geh wenigstens noch mit ihr essen.«

Thomas Klapproth kommt dazu. »Pech, meine Herren. Das Essen fällt heute aus. Wir begleiten Max ins Krankenhaus. Ansage von ganz oben. Wir richten ein kleines Studio vor der Intensivstation ein. Drehgenehmigungen liegen schon vor. Das dauert die ganze Nacht. Avanti, avanti.«

»Glatter Durchschuss. Er hat unvorstellbares Glück gehabt. Schiebt ihn auf sein Zimmer. Wir müssen die nächsten Stunden abwarten. Morgen kann man schon mehr sagen. Hat der Mann eigentlich keine Verwandten?«

»Der hat noch nicht mal eine Freundin, Herr Professor.«

»Auf jeden Fall hat er ein riesiges Spektakel ausgelöst.«

Vor dem Intensivzimmer gibt Thomas Klapproth letzte Regieanweisungen: »Baut Kameras und Licht direkt hier auf. Wenn er überlebt, dann berichten wir ab morgen jeden Tag über seinen Zustand. Und macht noch ein paar Bilder, wie er aus dem OP geschoben wird. Wir brauchen Einspieler und Zwischenschnitte für das *Nachtmagazin.* Alles bleibt auf Stand by. Ich bin jetzt zwei Stunden weg. Wenn irgendwas ist, könnt ihr mich über Handy erreichen.«

»Dieses Arschloch. Der geht jetzt fressen, und wir?«, motzt der Tonmann.

»Reg dich nicht auf, Otto. Wir rufen den Pizzaservice, der soll zehn Pizzen und ein paar Dosen Cola hochbringen. Sag doch mal der Schwester Bescheid.«

Zwei Minuten später kommt Otto zurück.

»Aus der Pizza wird nichts. Ich habe gerade mit der Schwester gesprochen. Max hat hohes Fieber. Es ist sehr ernst. Wir sollten jemanden rufen, der ihm nahesteht.«

Der Kameramann erinnert sich an Ramon.

»Wer ist Ramon?«

»Ramon war sein direkter Mittelsmann bei der Entführung.«

»Stimmt! Bingo. Schnapp dir ein Taxi und hol den Typen hierher. Mach auf der Fahrt schon ein paar Bilder. Die können wir dann bei Schulze verschießen. Ich rufe in der Zwischenzeit den Klapproth an.«

»Wo wohnt dieser Ramon denn?«

»Frag die Bullen, die haben alles.«

»Und was ist mit meiner Pizza?«

»Scheiß auf die Pizza. Max stirbt, das ist besser!«

»Max, hörst du mich? Ich bin's, Ramon.«

Ich höre ihn. Komm näher, du bist so weit weg.

»Lassen Sie ihn schlafen, gehen Sie nach Hause, er kann Sie nicht hören.«

Der Arzt versucht, Ramon von meinem Bett wegzudrücken.

»Nein, ich bleibe bei ihm. Er hört mich, ich weiß es.«

Ramon steht auf und will die Tür schließen. Er schiebt die BML-Leute raus.

»Verpisst euch, ihr Wichser. Ich passe jetzt auf ihn auf.«

Gute Nacht, Deutschland.

Alles wird gut.